新　潮　文　庫

おせっかいな神々

星　新　一著

新　潮　社　版

2535

目次

おせっかいな神々

笑い顔の神

むかし、あるところに小さな村があった。村人たちの暮しぶりは平穏無事。だれもかれも、可もなく不可もないといったところだった。そして、そこに住むひとりの男。彼は、

「なんとかして、簡単に金持ちにはなれないものだろうか」

と、口にしながらすごしていた。だが、とくに怠惰であったわけでもない。要するに、なかば祈り、なかばあきらめの心境。ほかの連中と大差なく、毎日の畑仕事をつづけていただけのことなのだ。

しかし、ある日。なにげなくクワを川ぞいの地面にうちこむと、妙な手ごたえがあった。好奇心にかられ、掘り出して水で洗ってみると、木でできた小さな像とわかった。男は眺めながら、ぶつぶつつぶやいた。

「なんだ、つまらん。どうみても、高くは売れそうにない。たきつけにでも使うとしようか。しかし、それにしても変な顔だな」

その像は笑っているような顔をしている。おごそかとか、ありがたみがある顔なら、もっともらしい話を作りあげ、他人に売りつけることもできるだろう。だが、無邪気に喜んでいるといった顔では、どうしようもない。

その時、どこからともなく声がした。

「けしからん。たきつけにするとか、変な顔だなどと言うとは……」

男はまばたきをし、あたりを見まわした。しかし、それらしき人影はない。話の内容からすると、これに関連がありそうだが。目を手に持った像に移すと、ふたたび声がした。

「そうだ。わしの声だ」

「これは驚いた。こんな木の像が声を出す

とは」

「わしがこの像に宿っているといってもいいし、この像がわしの化身だといってもいい。つまり、像はわしであり、わしは像なのだ」

「なんだかよくわかりませんが、あなたが像であるらしいことはわかりました。しかし、あなたはいったいなんなのです」

「わしは神だ」

男は疑わしげに言った。

「ご自分で神と主張なさるのは勝手ですが、こんな木の像がね……」

「おろかなやつだな、おまえは。ただの木の像なら、長いあいだ土のなかに埋っていたら、腐ってしまったはずだ。なんだったら火にくべてみろ。決して燃えない。わしが神である証拠だ」

そういえばそうかもしれない。男はうなずき、同時に日ごろの願いを思い出した。それがかなえられるかもしれない。だめだとしても、もともとだ。やってみる価値はある。

男は家に持ち帰り、床の間にていねいに安置した。そして、うやうやしく願いごとをのべた。

「神さま。なにとぞ金もうけをさせて下さい」

「よし、まかせておけ」

神さまは即座に承知してくれた。さては福の神だったのか。だが、いささかあっさりし過ぎている。どうも信頼感が高まらない。男はあまり期待をかけないことにした。

まもなく収穫期となり、また台風も訪れてきた。しかし、なんという幸運。男は一日だけ早く取り入れをすませていた。彼は災難をまぬかれ、他の村人たちは大なり小なり、被害をこうむった。

これがきっかけとなり、すべてが好転しはじめた。村人たちは男に金の融通をたのみ、男は高い利息を取って貸した。金がもうかりはじめたのだ。最初は少しずつだったが、しだいに大きく……。

男は神さまに報告した。

「おかげさまというべきなのでしょう。財産がふえつつあります」

「もちろん、わしの力だ」

「お力を認めます。で、お礼になにをいたしましょうか」

「そんなことは気にしなくていい。しかし、どうだろう。ほかの人たちにも、わしをおがませてやったら」

神さまは提案したが、男はあわてて手を振った。

「とんでもありません。いやですよ」

「そうだろうな。そのほうがいいかもしれない。わしが前にいた家でもそうだった」

「それは知りませんでした。そこでも金をもうけさせたのですか」

「いうまでもない。それがわしの楽しみなのだから」

男は安心し、また心配もした。神さまの力の効能に関しては安心し、前の所有者のように紛失してしまうことに関しては心配したのだ。そこで、神さまを床の間から、新しく建てた蔵の中へと移した。これなら盗まれることも、他人に拝まれることもあるまい。

かくして、男の財産はますますふえた。貸した金の利息はつぎつぎに入ってくる。また、村へ入ってくる商品の販売も独占することができた。これでも大いにもうけた。決して損をすることはなかった。なにしろ、神さまがついている。

男は神さまの前にひれ伏して言った。

「すべて、あなたさまのおかげです。この一帯の畑も山林も、なにもかも手に入り、わたしは長者と呼ばれるようになりました」

「わしも喜んでいるよ」

神さまの像は、あの笑ったような顔で答えた。

「ありがたいことでございます。福の神さまの実力が、こんなにもすばらしいものであるとは、わたしも知りませんでした」

「どうも、なにか勘ちがいをしているようだな。力がすばらしいことはたしかだが、わしはおまえが考えているような福の神ではないぞ」

「ご冗談をおっしゃってはいけません。これだけの福をお与え下さった。福の神でなければ、なんなのでございますか」

「なんだと思う」

「わかりません。しかし、いずれにせよ、ありがたい神さまです」

男は笑いがとまらぬといった表情で言った。神さまの像も、いつもの無邪気な笑い顔で告げた。

「貧乏神だ。人びとが苦しみながら貧乏になってゆく。それを見物することが、なによりの楽しみなのだ。だが、じゅうぶんに味わって満足したから、そろそろお別れだ。これ以上味わおうにも、村人たちはもうどん底だ。まもなく、連中が一揆《いっき》をおこして押しよせてくる。この家は荒らされ、わしはがらくたといっしょに、川へ捨てられるだろう。つぎにはどんなやつが拾うか、それを想像すると面白くてたまらない」

現代の美談

Ｋ氏はある会社につとめ、いい地位にあった。子供はなかったが、愛する美しい妻があり、あるていど余裕のある生活をしていた。あまり変ったところもない、ふつうの中年の男だった。

変ったところを特にあげるとすれば、家を出てから近所の公園に立ち寄ることぐらい。毎朝、出勤前にその公園のなかをひとまわりするのが、Ｋ氏の日課となっていた。運動不足になりがちなのをいくらか補えるし、それに、気分もすがすがしくなる。

しかしその日は、すがすがしいとは呼べないような事態が、公園のなかで待ちかまえていた。散歩をしているＫ氏に、ベンチにすわっていた青年が、立ちあがって話しかけてきたのだ。

「失礼ですが、Ｋさんですか」

「ええ。しかし、あなたは。そして、なにか用事でも」

「あなたにとっては、あまり喜ばしくない用事です」

「いったい、なんのことです。はっきり言って下さい」

「はっきり言いにくいことなのですが、はっきり言いましょう。これからあなたを殺すのです」

「なんだと。気はたしかなのか」

大声をあげかけるK氏を、青年は制した。服のポケットから拳銃《けんじゅう》をちょっと出し、すぐにもとに戻した。そして、ポケットに入れたままで、K氏のからだに押しつけた。

「あまり大声を立てないで下さい。これは音の小さい新式の拳銃です。引金をひけば、弾丸があなたの魂をからだから押し出してしまいます」

そのようすは冗談とも思えなかった。

「いま、ここで殺すつもりなのか」

「あなたが逃げようとなさると、そうなります。しかし、わたしとしては、もう少しお待ちしたい」

「という意味は……」

「できれば自宅にもどって、そこで死んでいただきたいのです」

「なんということだ。家には妻がいる」

「その奥さまの目の前で殺すようにと、依頼されているのです」

「そんな残酷なことを考えついたのは、だれだ。しかも、理由もなく」

「どうせ死んでいただくのですから、お話ししてもいいでしょう。あなたの会社から製品をまわしてもらえなくなったため、ある商店が破産し、その経営者が妻の目の前で飛込み自殺をしました。つまり、営業の責任者であるあなたに殺されたことになるそうです。そこで、その未亡人は復讐《ふくしゅう》を誓った。賃仕事をして金をため、同じような状態であなたを殺すべく、わたしを雇ったというわけです。現代の美談ですね。こんな感心な婦人は、めったにいるものではありません。わたしも安く引き受けました」

「まあ、待ってくれ。そんなことがあったかもしれないが、それは会社の方針でやったまでで、わたしの責任ではない。そんなことで殺されるわけにはいかない。助けてくれ」

「それはできません。依頼者の方針に従うのが、わたしの仕事です。そうおっしゃられて、殺すのをやめるわけにはいきません。助けてはあげられません」

「なにか文句があるのなら、その未亡人が自分で来ればいいのだ」

「しかし、あなたを殺すのは、女性の手には負えないことですからね。だからこそ、わたしを代理にたのんだのです」

「むちゃくちゃな話だ」

「わたしに文句をおっしゃっても困ります。代理人なのですから。さあ、どうなさいますか。ここでお死にになりますか、それとも自宅になさいますか」

K氏はしばらく考えた。ここで死んではなにもかも終りだ。妻を驚かせ、巻きぞえにするのもいやだったが、いまは少しでも時間をかせがなければならない。そのうちには、のがれる方法がみつかるかもしれない。

「自宅のほうにしよう」

「では、ごいっしょに参りましょう。途中で逃げようなどと、お考えにならないで下さい」

あらためて青年に言われるまでもなく、K氏はすきを見て逃げるつもりだった。だが、殺し屋のほうもそのことを見ぬいていて、少しも油断をせず、K氏の逃げることは不可能だった。また、なんとか中止してもらうように話しかけたが、それもむだだった。殺し屋はそれ以上、口をきかなかったのだ。

人影のほとんどない公園の道をもどり、殺し屋につきまとわれながら、K氏は自宅にむかった。一歩あるくごとに、絶望はさらに深まった。そして、ついに自宅の玄関の前まで来てしまった。殺し屋はサングラスをかけながら、こう命じた。

「ベルを押すな。カギは持っているだろう。それであけるんだ。いやならここで……」

K氏は仕方なくカギを出し、玄関の戸をあけた。

「さあ、奥さんの部屋はどこだ」

K氏はあごの先で妻の部屋を示した。まもなく殺されるのかと思うと、声が出なかったのだ。もはや、なにもかも絶望的だった。ただ一つ残された希望は、死ぬ前にもう一度、愛する妻に会えることだけだった。しかし、それと同時に死ななければならない。

殺し屋はK氏から注意をそらすことなく、その部屋のドアを引いた。

その時、思いがけない、K氏にとってまったく思いもよらなかった事態が展開した。会ったこともない若い男が、部屋のなかにいたのだ。その下着だけの男は、そばにあった灰皿をつかんだかと思うと、殺し屋めがけて勢いよく投げつけた。そして、あわてふためいて服を着て、窓から飛び出していった。

K氏にばかり気をとられていた殺し屋は、身をかわすひまがなかった。灰皿は顔に当り、サングラスを砕いた。彼は目を両手でおおいながら、床に倒れた。

思いがけないことに呆然《ぼうぜん》としていたK氏は、やがてわれにかえり、そばにあった電気のコードで殺し屋をしばりあげることができた。それから、部屋のすみにあられもない姿で立っている妻に聞いた。

「なんだ、いま窓から飛び出していった男は……」

「あの、つまり、そのセールスマンなの……」

「セールスマンが、なんでここにいたのだ」

重ねてのK氏の質問に、彼女はひざまずきながら答えた。

「あたしが悪かったの。あなたのお留守中に、あんなセールスマンなんかを家に入れ、浮気をしたりして。ごめんなさい。どんなつぐないでもするわ。あなたのお気のすむようにしてちょうだい」

涙を流してあやまる彼女に対して、もちろん、K氏は自分の気のすむようなことをした。彼女よりさらに低くひざまずいたのだ。

「ありがとう。なんとお礼を言っていいかわからない。わたしの留守中に、よく浮気をしていてくれた」

サービス

私は大きなカバンを手にして、ある郊外の駅におりた。きょうは、このあたりに販路を拡張しようというわけである。カバンのなかには商品の見本と、宣伝用パンフレットが何冊も入っている。しかし、カバンは大きい割にそう重くはない。なぜなら、商品が電球だからである。

といっても、ふつうの押売りとはちがう。ちゃんとした電気器具販売会社のセールスマンだ。品質と信用とサービスとによって、なっとくの上で買っていただくことが社の方針となっている。

このあたりは、最近になって急にひらけた住宅地だ。しばらく前までは、ところどころに林のある広い野原だったが、都会の人口の増加は、またたくまに住宅地に変えてしまった。

小ぢんまりとした庭を持った、同じような大きさの家々が、限りなくといえるほど、たくさん立ち並んでいる。家はどれもしゃれたつくりだ。これは住んでいる人たちが、ある程度の高さの生活をしていることを示している。電球を手はじめに、このあたりをわが社のなわ張りとすれば、多くの電気器具をつぎつぎと売りこむことができるだろう。

なぜ電球を手はじめにするかといえば、品質や値段を他社のものとくらべる時に、これがいちばんはっきりするからなのだ。

「さて、とりかかるか。大いに成績をあげてみせるぞ」

こうつぶやきながら、私は張り切った足どりで、駅前の広場を横切りかけた。

その時、うしろから聞いたことのある声がかかった。

「やあ。またお会いしましたね。あなたもこのあたりに、目をおつけになったわけですか」

ふりむいてその声の主を知り、私はいささかうんざりした。彼は商売がたきの他社のセールスマン。同じような商品を扱っているため、しばしば彼とぶつかり、何度もはげしい競争をしてきた。だが、競争は販売につきものだし、それをいやがって引きさがるわけにはいかない。私はあいさつをかねて言いかえした。

「ええ。また競争になりますね。しかし、きょうは負けませんよ。あなたにはお気の毒ですがね」

するとやつはにやにや笑いながら、こう言った。

「さあ、負けるのはどちらでしょうかね。近ごろは、わが社の内容もずっと充実してきましたからね。相当なサービスができるようになったのですよ」

サービスについてなら、こっちにも自信がある。数日前に上役と相談をし、他社との競争になった場合のサービスについて、大幅な権限をまかせてもらえるよう、承認してもらったばかりなのだ。これで他社を圧倒し、手を引かせてしまいさえすれば、それからの販売がじつに簡単になってゆく。私もにやにや笑って答えた。

「その点についてなら、こっちだって同じですよ。ここは、あなたに手ぶらで帰っていただくことになるでしょう」

だが、やつにも自信があるらしく、笑いをくずさず、こんな奇妙な提案をしてきた。

「では、どうでしょう。それなら、まず、そのへんの家にいっしょに入ってみませんか。お客さんのほうがどっちを選ぶか、競争してみようじゃありませんか」

私はその挑戦に応じることにした。

「いいでしょう。どの家にしましょうか」

「それなら、あの家では」

「こっちはかまいませんよ」

私たちはいっしょに、手ぢかにあった家の玄関に立った。

「ごめん下さい」

まもなくその家の主婦があらわれた。

「どなたですか」

「じつは、P電気のセールスマンでございます」

私につづいて、やつも自己紹介をした。

「わたしはR電気のセールスマンです」

主婦は首をかしげ、目をぱちぱちさせた。

「セールスマンのかたも、時どきみえますが、ちがう会社のかたがいっしょにとは、変っていますわね。それで、品物はちがうのでしょう」

「いえ、それが同じなのです。しかし……」

と、私はカバンから商品とパンフレットを出し、説明をはじめた。わが社の製品がいかに優秀であるか、この電球でもわかるように、明るく経済的で長もちする。照明は文化の尺度といわれますが、ぜひ、このマークの電球を常用なさるように。そして、このマークのほかの電気器具をも……。

私が一段落するのを待って、やつも同じように説明をはじめた。

それから二人は交互に研究、調査、統計などを出しあって、どちらの品質がいいかを主張しあった。だが、家庭の主婦などには、このような小さな数字のことは通じにくい。いくらか迷惑そうな表情が浮かび、私はそれを機会に切り出した。

「いかがでしょう。これから当社の電球をご愛用いただけるのでしたら、サービスとして、電気スタンドを一台さしあげますが」

彼女の目が輝きをおびた。

「そんなものがいただけるの。品質が同じならば、サービスのいいほうがいいわね」

だが、やつもこれで引きさがりはしなかった。顔に笑いをたたえながら、身をのりだした。

「サービスの点でしたら、わが社におまかせ願います。こちらは電気スタンドより、もっと大きなものをいたします。この玄関のそばにつり下げる、しゃれたデザインのランプはいかがでしょう。訪れるお客さまはそれを見て、上品な趣味のご家庭とお思いになるでしょう」

「それもいいわね……」

主婦は考えながら、両社のパンフレットをパラパラとめくった。私は困ったことになったと思った。彼女はまもなく、電気スタンドより、玄関用ランプのほうが少し高価なことを知るだろう。そして、やつの会社のほうにきめてしまうにちがいない。主婦とは、少しでも得になるほうを選ぶものなのだ。私は黙っていられなくなった。

「お待ち下さい。わが社も玄関用ランプをさしあげます。わが社の玄関用ランプには、来客の足音を感じて自動的に点灯する装置がついております。このほうが、電気代がはるかにおとくです」

彼女の心は、またわが社に傾きかけてきた。サービスの限度は越えてしまったが、これでやつを圧倒できれば埋め合せがつく。どうだ、といった顔でやつを見たが、やつの笑いは崩れていなかった。それどころか、こんなことを言いだした。

「玄関だけを照らすより、お庭をぜんぶ照らす照明灯はいかがでしょう。これだけ手入れの行きとどいたお庭を、夜の闇《やみ》のなかに埋もれさせておくのは惜しいことです。当社の負担で、このお庭に照明灯を建てさせていただきたいと思います」

「えっ、そんなものがいただけるの……」

主婦は喜びの声をあげ、信じられないといった表情になった。また、私にも信じられないことだった。

玄関用のランプより、庭の照明灯は何倍も高価なのだ。やつは驚くべきサービスにふみきったものだ。こんなことをしたら、それを回収するのに、よほどの年月をかけなくてはならない。

だが、こうなったら意地だった。

「お待ち下さい。お庭の照明なら、当社のほうでもいたします」

私は思わずこう言ってしまった。許された権限をはるかに越えるサービスなのだ。この埋め合せをするには、あとでよほど苦労することになるだろう。

しかし、やつを一回は思いきりへこましてやらないと、面白くない。

「うれしいわね。だけど、どちらにきめようかしら」

主婦は大いに喜んでいた。私はここでとどめを刺してしまおうと思った。

「もちろん当社のでございます。当社のにはタイムスイッチをおつけいたします。おやすみになると、しぜんにスイッチが切れるわけでございます。そのため、電気代の面でもおとくですし、いちいち消さなくてもすみ、たいへんご便利でございます」

「それはそうですわね」

彼女は大きくうなずいた。もうこれで、こっちのものにきまっただろう。会社をつぶす覚悟でない限り、これ以上のサービスが、やつにできるはずはない。だが、やつはあいかわらずにやにやし、とんでもないことを言い出した。

「わが社のにはタイムスイッチはおつけしません。しかし、電気代はおとくでございます」

「変なお話だけど、どういうことなの」

「それはですね。その電気代を、わが社で負担いたしますからでございます」

私はもはやなにも言えなくなった。とてもたちうちできない。電球の販路拡張にやってきて、庭の照明灯をサービスし、その電気代までずっと負担するとは。

やつは頭がどうかしたのかもしれない。頭のおかしい者と争ってもはじまらないのだ。私はこの家では、いさぎよく引きさがることにした。

しかし、やつとはその一軒だけで別れたわけではない。あと何軒かをいっしょにまわってみた。だが、そこでもやつは競争したあげく、同じようなサービスを提供し、こっちを圧倒した。

こうなったら、この一帯の住宅地をあきらめざるをえない。

私は残念ながら手を引いたが、内心ではそれほどくやしがりはしなかった。あんな出血サービスは、どう計算したって、採算のとれるわけがない。

まもなく、やつの会社はつぶれるだろう。それとも、責任を問われて、やつがくびになるかもしれない。そうでなかったら、やつが精神病院に送られるにきまっている。その時になって、大いに笑ってやることにしよう。最後に笑う者こそ勝利者なのだ。

しかし、なかなかその時はこなかった。それどころか、やつは昇進し、やつの会社の景気はさらによくなってゆくようだ。

わけのわからないなぞだったが、しばらくたって、その解答をこの目にはっきりと見せつけられることになった。

それは、大口の取引き先の人を何人か招待した時だった。このごろ好評の観光地への直通飛行機に乗り、定期航路を少し進んだ時、機内にざわめきがおこった。それにつられ、私も窓からのぞいてみた。すると、夜の町のうえに、やつの会社のマークが大きく輝いているではないか。

その場所はいつかの住宅地だ。「サービス、サービス」といいながら、やつがもったいぶって提供した照明灯による、明かるい点々で、地上に描きあげられてあったのである。

魔法使い

夜の盛り場。八時半ごろ。このあたりとしては早すぎも、また、おそすぎもしない時間だった。店の飾り窓はどれも照明でみち、バーやキャバレーのネオンは、色とりどりに点滅していた。

道ばたには花売りの女の子が立っていた。まだどこかに幼さの残る、おとなしそうな子で、いくつかの花束を抱えていた。少しはなれたところでは、スケッチブックを手にした似顔かきの青年が客待ち顔でたたずんでいる。よく見かける夜の光景だった。

近くのバーのドアが開き、なまめかしい笑い声に送られて、一人の紳士が出てきた。地味だが仕立てのいい服を着た、四十ぐらいの男だった。彼はふりかえって笑いをかえしながら、千鳥足といった感じで歩きはじめた。そのため、ぼんやりと立っていた花売りの女の子にぶつかってしまった。

「あら……」

と声をあげ、彼女は道の上に散らばった花束を、拾い集めにかかった。紳士も身をかがめてそれを手伝い、すまなそうに言った。

「これは悪かった。その花束を一つもらおう。お釣りはいいよ」

そして、ポケットから一枚の紙幣を出して渡し、花束の一つを受けとった。そのようすを見ていた似顔かきは、気前のよさそうな人だと判断したのか、あいそ笑いを浮かべながら近づいてきた。

「だんな、似顔を一枚いかがです」

こう言いながら、スケッチブックの上にすばやく筆を走らせはじめた。だが紳士は、軽く手を振りながら、

「いや、また今度にしよう」

と答えて立ち去った。どこでもよく見かける、ありふれた光景だった。

しかし、この場合は少しばかり事情がちがっていた。

しばらく歩きつづけた紳士はふいに立ちどまり、気づかわしげな表情を浮かべて、ポケットに手を入れた。彼の顔は、たちまちまっさおになった。

ない。いま、花売りに渡してしまったのだ。からだのなかから、酔いが一瞬のうちにさめていった。酔いがこんなに早くさめることは、生理学的にありうることだろうか。そんな疑問が頭の片すみにわいた。だが、頭の大部分は、それどころでない、も

っと緊急きわまる問題が占めていた。とんでもない不注意をしてしまった。酔っていたからとはいえ、こんな失敗をしてしまうとは……。

「ああ、なんということをしてしまったのだろう」

彼はこうつぶやき、自分の頭をなぐりつけたいような気持ちになった。彼は魔法使い。といっても、古風で神秘的なそれとはちがっていた。もっと現代的で合理的な魔法使いで、無から有を作り出す。つまり、にせ札の製造をはじめていたのだ。

長いあいだその仕事に熱中し、やっと試作品の第一号ができあがった。ポケットに入れておいたそれを、花売りの子に渡してしまったのだ。もちろん、使うために作った札で、渡したことが惜しいのではなかった。だが、いまのような使い方をするわけにはいかなかったのだ。

描きかけのスケッチを似顔かきが持っている。花売りはにせ札を持っている。二人は今のところ、なにも気づいてはいない。しかし、あしたになると、その二つが結びつく可能性が大いにある。にせ札を使った男の人相がきとなってしまう。そうなったら収拾がつかなくなる。なんとかしなければ、少なくともどちらかを回収しなければならないのだ。

絵のほうはどうだろう。戻って絵を完成させ、それを買いあげればいいかもしれない。だが、そのためには、さらに顔をさらさなければならず、相手にさらに印象を残すことになる。似顔を商売とするからには、前の日にスケッチした人物を、そらで再現するぐらいのことはやるだろう。

となると、花売りからにせ札を回収するしかない。しかし、手荒な手段に訴えることは、この人通りではむずかしそうだった。叫び声をあげられたら、さわぎが大きくなる一方だ。どうしたものだろう……。

彼は心から後悔した。べつのポケットには本物の札がたくさんあったのに、うっかりしてにせ札を使ってしまうとは。いまの彼にとって、花売りの手にあるにせ札は、金にはかえられない貴重な品となった。この本物の札で買いもどすことは……。

しかし、そんなことをしたら怪しまれるにきまっている。正気の人間なら、そんなことをするはずがない。いや、たとえ少しぐらい頭が狂っていても、額面以上の金を払って紙幣を買いとろうなどと考えはしないだろう。

花束をもう一つ買って、五千円札を出し、お釣りとして取りもどす方法はどうだろう。だめだ。花売りでは、そんなにお釣りを用意してはいまい。それに、一つや二つの花束なら、ただでくれるかもしれない。さっき千円も渡してしまったのだから。どう考えても、金では買いもどせないようだ。

では、品物で買いとるか。彼はその思いつきを試みてみることにした。そばにあった店に入り、バッグを買った。三千円ぐらいのでいいかなと思ったが、ふんぱつして五千円の品にした。彼はそれを箱に入れさせ、また花売りの所にもどっていった。似顔かきのほうは、外人の客をつかまえ、そのスケッチに熱中していた。

「あら、おじさん。さっきはありがとう」

花売りは彼を見て声をかけた。彼は箱をあけて、なかを見せながら話しかけてみた。

「これを欲しいかい」

「欲しいわ。だけど、どうしたの」

「金を貸してある友だちに、いまそこで会った。早くかえせと、文句をいったらこれを渡して行ってしまった。すごく安くするから、買わないかい」

と、彼はしどろもどろで出まかせを言った。あまり真に迫っていなかったのか、彼女は変な顔をした。このへんには、舶来と称して怪しげな万年筆や時計を売り歩く者もいる。まさか、この親切なおじさんは、そんな人ではないだろう。だけどその友だちについては、なんともいえない。彼女は聞いてみた。

「いくらなの、それ」

「千円でいいよ」

花売りの子は首をふった。このバッグは千円以上はしそうに見える。だけど、現金で千円を持っていたほうがいい。そのほうが好きなことに使えるもの。悪いけれどあまり気が進まないわ。

彼はそのようすを見て、心のなかで歯ぎしりをした。しかし、これで引きさがるわけにはいかない。彼はつとめて軽い調子で話した。

「いいんだよ。ところで、なにか欲しい物があるかい」

「ないこともないけど。でもどうして。買ってくれるの」

「ああ、千円払えば、どんな物でも手に入れてあげるよ」

彼にとっては、心からの叫びだった。花売りの子は、またも変な顔をした。だが、すぐに気がついた。

「あら。おじさん、酔ってるのね。あんまり変なことを考え出したりしないで、うちへ帰ったほうがいいわよ」

「酔ってなんかいないさ。うそだと思うなら、ためしになにか言ってごらん」

「じゃあ、あれは」

彼女はそばの飾り窓を指さした。そのさきには宝石のブローチが美しく輝いていた。彼はそれをのぞきこんで、どきりとした。三万円の正札がついている。しかし、だからといってやめるわけにいかなかった。

「いいとも」

彼は店に入り、本物の紙幣でそれを買いとって出てきた。そして、平然とした表情で、

「ほら。この通り」

とさし出した。彼女はまばたきをして言った。

「ほんとに千円なの」

「そうとも」

彼女はわけがわからなくなった。いままで飾り窓にあった品だ。途中で安物とすりかえようにも、そんな用意はするひまがなかったはずだ。

あとで店にかえしに行けば、少なくとも半値には引きとってくれる品物だ。彼女は首をかしげながらも、ついに千円札を出し、ブローチを受けとった。

彼はブローチを渡し、千円札を受けとり、ほっと息をつきかけた。だが、すぐにその息をのみこんだ。すばやく札を調べてみると、本物の紙幣ではないか。彼はうろたえを押えながら言った。

「どうだい。もう一回やってみるかい」

「ええ。おじさんは魔法使いのようね。ほんとに大丈夫なの」

彼女は尊敬の色をたたえた目を輝かし、彼は目をつりあげた。ちくしょうめ、まだ千円札を持っているらしい。それにしても、にせ札というものは使うのは簡単でも、回収するのはなんとむずかしいことだろう。

「こんどはなんにするかい」

「あれにしようかな」

彼女は靴屋の飾り窓にかけよったが、気が変ったのか、となりの店のほうを指さした。

「あのほうがいいわ」

舶来の香水で、靴よりもずっと高く、二万円の値段がついていた。いまいましい女の子め。だが、彼はすぐにその店に入った。ぐずぐずしていて、もっと高い物を指さされたらことなのだ。そして、買ってもどってきた。

「はい。この通り」

「すごいのね。おじさんは、ほんとの魔法使いなのね。つぎはなににしようかしら」

彼女は千円を渡し、あたりの店を見まわした。彼は気づかれぬように、急いで札を調べた。こんどはたしかだ。にせ札にまちがいなかった。

「ねえ……」

と言いかける彼女を、あわてでさえぎった。

「おじさんは疲れたよ。魔法というものは、つづけて使うととても疲れるんだ。また、このつぎにしよう」

「そうかもしれないわね。でも、また会ってね。あたしこんな楽しいことはなかったわ」

「いいとも。あ、このバッグもあげるよ」

とても信じられない、という表情で立ちつづける花売りの女の子をあとに、紳士は足ばやにその場をはなれた。

同時に彼は、世にもあわれな表情になった。とても信じられない。にせ札を作ってこんなに損をすることになるとは。この調子でいったら、五十枚も使わないうちに破産することになる……。

奇妙な旅行

会社の机にむかって、エヌ氏はぼんやりとしていた。といって、いねむりをしていたわけではない。無意識のうちに手を動かし、机の上の紙に落書きをしていたのだ。

その時、うしろから同僚が声をかけた。

「なにを熱心に書いているんだい」

「いや、ちょっと……」

エヌ氏は言葉をにごし、かくそうとしたが、同僚の好奇心は高まった。

「見せてくれてもいいじゃないか。なるほど、風景のスケッチだな。思い出のある地方なのかい」

その絵は、山と山とにはさまれた地帯の景色だった。あいだを川が流れていて、白っぽい川原がつづいている。近くには林もあった。エヌ氏は首を振って答えた。

「べつに思い出の地でもないよ。これがどこなのか知りたいのだ」

「妙なことを言うな。想像で描いたのなら、わかるわけがないじゃないか。それとも、雑誌の懸賞かなにかかい。この地名を当てたかたには賞品を進呈とかいう……」

「懸賞でもないよ。このごろ、ここへ行ってみたくてならないのだ」

「おいおい、気はたしかなのかい。想像の土地をでっちあげ、そこへ出かけたいとは。わけを話してくれないか。わけがあるならの話だがね」

と同僚は目を丸くした。エヌ氏は一応の説明をしなければならなくなった。

「じつは、自分でも変な気分だと思う。このあいだから、夢でよくこの景色を見る。あまりたび重なるので、このように紙に描けるまでになってしまった。と同時に、ここへ行ってみたい衝動が高まってならないのだ。われながら、わけがわからない。わけがあるのなら、こっちで聞きたいくらいだよ」

同僚はその絵を手に、ゆっくりと眺めなおし、うなずきながら意見をのべた。

「なるほどね。事情はわかった。しかし、常識的な説だが、精神的な疲労のためだろうな。われわれは無味乾燥な都会に住み、混雑のひどい交通機関で通勤し、忙しく単調な仕事をくりかえしている。休みたいという欲望が、内心に蓄積することになる。この絵が示しているように、ごみごみした都会を離れて、静かな川べりでのんびりしたくもなる。それが夢となってあらわれたのだろう。ぼくだって行きたくもなるよ」

「そうかもしれないが、なっとくできない点もある。うまく言えないが、もっと鮮明

で強力な感じなのだ。休養への願望なら、もっと多くの人が夢を見そうなものじゃないか。この夢はぼくをかりたてるような力を持っている」

エヌ氏は主張した。同僚はそれ以上は議論をつづけようがなく、だまってしまった。

昼休みになったのを利用し、エヌ氏は思いついて、会社の近くにある旅行相談所へ出かけた。そして、紙に描いた絵を見せて聞いてみた。

「へんなことを聞くようですが、こんな景色の土地を知りませんか。写真の撮影に使いたいのですが」

理由に関しては出まかせを言った。本当のことを言えば、こっちが質問ぜめにされるだろう。しかし、相談所には旅の専門家がそろっていた。彼らはおたがいに絵を眺め、話しあってから答えてくれた。

「たぶん、このへんだと思います」

と地図を指で示しながら、

「ここで支線に乗り換え、ここで下車します。あとはバスを利用なされればいいでしょう。日帰りはちょっと無理です。交通費は……」

と、費用や時刻表や旅館などを調べてくれた。エヌ氏は即座に、旅館の予約を依頼した。行きたいという意欲が、押えきれないほどに強くなっていたのだ。

会社に戻って、エヌ氏は同僚に言った。

「わかったぞ、問題の場所が。休暇をとって、あした行ってみるつもりだ」

「驚いたな。気まぐれもいいところだ。もっとも、夢のお告げで宝を発見したという話もあるようだ。あまりからかうと、あとで分け前にあずかれなくなるかもしれないな。まあ、なんだかわからないが幸運を祈るよ」

つぎの日、エヌ氏は旅行に出かけた。列車が走り出すと、これでいいのだという安心感と、夢のなぞがとけるだろうとの期待のまざった感情がこみあげてきた。

やがて支線へ乗り換える。問題の場所へ少しずつ近づいているのだ。エヌ氏は、なぜこんなことになったのだろうかと考えてみた。しかし、わからない。時どき、自分の軽率さに気づき、苦笑いをした。だが、途中から引きかえそうなどという気にはならなかった。

窓外の景色は平野がへり、山が多くなってきた。そして、小さな駅についた。ここが下車すべき駅なのだ。有名な観光地でも温泉地でもないので、乗降客はほとんどない。しかし、俗化していず、静かで眺めも悪くなかった。

しばらく待って、バスに乗った。古い型のバスで、走るとがたがた揺れた。いうまでもなく、はじめて訪れる土地なのだ。だが、すでに知っているような感じがしてならない。このような経験は、多くの人が持っているのではないだろうか。未来を夢に見る現象なのだろうか。

そんなことを考えながら、エヌ氏は景色に目をやりつづけた。バスは小さな村をいくつか過ぎ、彼は旅行相談所で聞いた停留所でおりた。立ちどまって深呼吸をし、あたりを見まわすと、ここにちがいないとの印象が心に飛びこんできた。確認したためだろうか、物音のためだろうか、においのためだろうか、空気中にひろがっている分析不能のなにかのためだろうか。あるいは、そのいずれでもなく、形容しがたい力の作用なのだろうか。

その村には小さな古びた旅館があった。訪れて名を告げると、宿の主人である老人がエヌ氏を出迎えた。

「これはこれは、よくいらっしゃいました。お待ちしておりました。へんぴな所ですので、お客さまはあまりございません。ご商用でおいでなのでしょうか」

「いや、目的のない静養ですよ。そのためには、かえってこのような目立たない所がいいのです」

と、エヌ氏は適当に言いつくろった。案内された部屋に通り、お茶を飲み、一応くつろいだ。だが、列車とバスの疲れがおさまると、することはなくなってしまった。退屈でもあり、早く夢にあらわれた場所を直接に眺めたい気にもなったのだ。

「ちょっと、そのへんを散歩してきますから……」

と、出がけに宿の主人に声をかけた。すると、としとった主人は腰をあげながら言った。

「さようでございますか。では、ごいっしょにまいりましょう。山や川の名や由来などを、ご説明いたしましょう」

「いや、そんな必要はないよ」

エヌ氏は辞退したが、主人はしつっこいほど熱心だった。宿泊者の数が少ないためだろうが、散歩についてくるとは、いささかサービスも度がすぎる。気づまりだ。

エヌ氏は強く断わり、ひとりで出かけた。村の家並みはすぐに尽き、畑となり、それもそう広くはなく、すぐに自然のままの景色となった。

エヌ氏は川のほうに見当をつけて歩いた。いや、目に見えぬ力に導かれているといった形だった。そして、ふと足をとめた。

ついにたどりついたのだ。両側の山、流れる川、白っぽい川原。すべては夢で何度も見たのと同じだった。夢と現実とをぴったり重ね合わせることができたのだ。

近くには数本の松の木があり、風を受けてかすかな音をたてている。川のせせらぎも、長い年月を変りなくつづけてきた音だった。それらに耳を傾けているうちに、エヌ氏は放心した状態になってきた。

それと同時に、からだじゅうに激しい闘志がみなぎってきた。血がたぎりはじめ、筋肉には力がうずいた。エヌ氏は戦いの相手を求めた。目に見えぬ相手を……。

だが、それは目に見えぬ相手ではなかった。その時、とつぜん、なにものかがうしろから襲いかかってきたのだ。ふだんのエヌ氏なら、悲鳴をあげて逃げだしたところだろう。しかし、いまはちがった。敵意に燃えて勢いよく反発したのだ。彼は相手に組みつきながら言った。

「どうだ。腕前を見せてやるぞ」

「なにを。負けるものか」

相手も叫び声をあげた。争いは川原のほうに移りながらつづいた。おたがいにころがり、立ち、離れ、走り、またも組みつく……。

しかし、限りなくつづきはしなかった。数人の足音が駆けよってきて、二人は引きはなされたのだ。

エヌ氏はわれにかえって相手の男を見た。だが、見覚えのある人ではなかった。相手もまたエヌ氏を見つめていた。その表情にも会ったことがあるという記憶は浮かんでいない。

「なんで、こんなことを……」

二人は顔を見あわせ、途中で同じように言葉をつまらせた。息切れのせいもあったが、初対面の人を相手に、これほど闘志を燃やして争ったことへの不可解さに驚いたのだった。

二人は答が得られぬままに、仲裁者を眺めた。それは宿の主人。村の若者らしいのを何人か連れていた。若者たちは主人のさしずで、二人に手当てをした。川の水をくんできて二人にのませたり、手ぬぐいをぬらしてよごれを洗ってくれたりした。

気持ちが落ち着いた二人は、宿の主人に話しかけた。

「よくとめに来てくださいました……」

お礼の意味も含まれていたが、答を知りたかったのだ。老人の顔には事情を知っているような表情がある。また、そうでなかったら、若者を集めて駆けつけてくるといった、手まわしのいい仲裁もできないだろう。老人は言った。

「いや、これがわたしの仕事なのです。年一回、ほとんど毎年のようにくりかえしてきています。あなたがたには、おわかりにならないでしょうが」

「もちろんですよ。どういうことなのです」

二人は身を乗り出し、老人はあたりを指さしながらゆっくりと話した。

「じつは、このあたりは古戦場なのです。この地をめぐって二人の領主が争い、何度も合戦をくりかえしたあげく、ここで死力をつくしての一騎討ちをしました。そして、ともに討死をしてしまったのです。その思いが残って、執念が現在の人に宿り、このようなことがおこるのでしょう」

「信じられないような物語りですが、現実に経験したからには、すなおに認めることにしましょう。しかし、偶然にしても、われわれ二人がうまくここで会えたものですね」

「きょうが、その合戦のあった日なのです。古い文書を調べてわかりました。時刻もおそらく一致しているのかもしれません……」

エヌ氏をはじめ、みなはあらためて景色を眺めた。夕日が山のかなたに落ちはじめ、薄暗さが迫っている。風の音、川の流れ。その昔の合戦の時も、これと変らない眺めだったのだろうか……。

出来心

昼ちかい時刻に、ホテルの豪華な一室で、ゆっくりと目をさます。そばの机の上には大きなカバンがあり、なかには札束がぎっしりとつまっている。決して夢の延長ではない。いくらあるのか、見ただけでは想像もつかないほどの金額の、手の切れるような札の束だ。といって、子供のオモチャ用の品などでなく、本物の紙幣であることは、いうまでもない。だれだって、こみあげる笑いとともに、軽く歌でも口ずさみたくなる状態だろう。

だが、この男はそうしなかった。男といっても、もはや相当な年齢で、老人と呼ぶほうがいい。彼は悲痛な表情を浮かべ、なげくような、うめくような低い声を出した。

「ああ、これが夢であってくれればいいのだが……」

老人がかかる表情を示したのには、三つの理由があった。ひとつは二日酔い。ひとつは、昨夜の精神および肉体の疲労。そして、これが最大の理由なのだが、カバンのなかの札束は正当に得た金ではなかったのだ。

老人はベッドに横たわったまま、おどおどした目を閉じ、いままでの人生を回想した。長い人生ではあったが、一瞬のうちに回想してしまうことができた。とるにたらない日常をつみ重ねて達した年齢だったのだから。

なにしろ、数十年のあいだ、ひとつの会社につとめ、そこは五年ほど前に定年でやめさせられた。退職金がわずかであったことは、つまらない地位で終ったことを意味している。そのわずかな金をふやそうと考え、株に手を出したために、もともこもなくしてしまった。

妻には先立たれ、息子はひとりあったが、ぱっとしない父親にあいそをつかし、家を出てどこかに行ってしまった。老人の生活は、まことにあわれをきわめた形だった。要するに、社会的に見て、なんら存在意義のない人間といえるだろう。

しかし、失業したままではいられなかった。働かなければ、どうしようもない。老人は職業安定所に足しげく通い、やっと、いまのつとめ口にありつけた。場末のビルの一室にある、数人しか社員のいない、小さな商事会社。どうせだめだろう、と思いながら出かけてみたのだが、中年の活動的な社長は、彼の履歴書に目を通し、うなずいてくれたのだった。

「これといった仕事はできそうにないな。しかし、まあいいだろう。少なくとも、悪いことだけはできそうにないからな」

この時の社長の顔が、なんとありがたく見えたことか。その評価どおり、就職してからの老人は、これといった仕事をしなかった。受付、掃除、留守番といった程度の仕事しか与えられなかったせいもある。もっとも、それ以上のことを命ぜられたとしたら、うろうろするだけのことだったろう。しかしまた、悪いこともしなかった。きのうまでは……。

かくして、最低の生活だけはつづけることができた。だが、それだけのことだった。食べるだけがやっとで、靴を買うとか、服やテレビを修理することなどに、金を回す余裕はなかった。これらはがまんするとしても、しばらくまえから、下宿代の値上げを請求されている。

そこで、昨日。老人は月給をもらう時、おそるおそる社長に申し出てみた。

「来月から給料をあげていただけないでしょうか。ほんの少しでいいんですが」

と。しかし、それは断わられてしまった。仕方のないことかもしれない。やとわれているだけでも、感謝すべきことなのだ。

老人はその帰りがけに、久しぶりで酒を飲んだ。情ない気分を追払いたかったし、ひょっとしたら、脳溢血《のういっけつ》によってこの無意味な人生に終止符を打てるかもしれない。

だが安酒は、爽快《そうかい》さも発作も、いっこうにもたらしてくれなかった。逆に、心のなかにたまっていたものをあふれ出させた。

おれはこの食うや食わずのままで、一生をすごさなければならないのだろうか。ぱっとしたことを一度もすることなく。これでは、なんとなく不公平だな。同じ人間でも、社長はあんなに金まわりがいいのに。いつも大切そうに扱っている金庫のなかには、けっこうあるにちがいない。その紙幣の何枚かを、おれにくれてもいいだろうに……。

ぶつぶつとぐちをこぼし、ひとりで飲みつづけるうちに、安酒の酔いは悪魔のごとく、忘れようとしていたことを浮かびあがらせてきた。その金庫の番号のことだ。いつだったか、社長がダイヤルを回してあけるのを、床の掃除をしながら見てしまったのだ。見てはいけないことだ、覚えてはいけないことだという意識が、かえって記憶に鮮明に焼きつかせてしまったためだろう。

すべては、まさしく酒の上の出来心だった。酔った勢いで会社にもどり、勝手を知っている窓から忍びこみ、金庫のダイヤルを回してみた。扉は開き、老人にとっては、かぞえきれぬほどの札束があった。数枚で満足するつもりだったが、ここまでくると、もはや止めようがない。酔いは気を大きくしていた。その全部を、そばにあったカバンに押しこんでしまったのだ。

逃げなければいけない、と気がついたものの、まるで計画は立っていなかった。街を歩きまわり、目に入ったホテルにとまった。とても眠りにつけるものではない。老人は酒をとりよせた。良心を押えつけるには、酒の上の出来心を永続させる以外にないのだ。

そして、やがて倒れるように……。

老人は回想することをやめ、またも悲痛な表情を浮かべた。二日酔いの頭痛が、良心の呵責《かしやく》のように襲ってきたのだ。また彼は、うめくような声でつぶやいた。

「なんということを、してしまったのだ。よそで盗んだのならまだいい。自分を信用してくれている、恩義のある社長の金に手をつけるとは。早くかえさなければ……」

自分の声ではあったが、神の命令のように聞こえた。老人はそれに従おうと思った。時計を見ると、正午になっている。もはや、みなの出勤まえにそっと金庫にもどす、というわけにはいかなかった。

手をつけずにかえし、頭をなんべんも下げてあやまったら、社長は許してくれるだろうか。おそらく、許してくれるだろう。だが、くびになることはまちがいない。また、ほかの元気のいい若い社員たちに、袋だたきにされるかもしれない。

しかし、老人は良心に従うことにした。金を握ったとはいえ、反省の念にとらわれながら逃げまわるには、あまりに年齢をとりすぎている。長い人生のあいだに身についてしまった道徳心は、いまさら簡単に変えられないことを、あらためて知った。

老人は決心し、自分の給料の残りでホテル代を払い、カバンをさげて会社へむかった。信頼を裏切り、社長にあわせる顔がないことを思うと、足が重かった。また、心も重いばかりでなく、二日酔いのために頭まで重かった。しかし、老人は悪の誘惑と戦った。酒の上の出来心だったとしても、罪は罪として、いさぎよくみとめるべきなのだ。

とはいっても、いざ会社へ着いてみると、なかへは入りにくかった。しばらくドアの前でためらっていると、うしろから声をかけられた。

「その会社に用事なのですか」

「え、ええ……」

「それでしたら、だめですよ。休業のようです」

驚いて聞いてみると、運営に行きづまったらしく、けさ突然に店じまいをした、という説明を得た。

老人は青くなり、息のとまるような気分になった。これというのも、自分の責任なのだ。大事な商取引きのために用意された資金が消え、会社の信用が失墜し、経営不能におちいってしまったのだろう。

老人は、昨夜しのびこんだ窓から内部をのぞいた。ひとけはなく、がらんとしている。ああ、とりかえしのつかないことをしてしまった。彼は崩れるように地面に腰をおろし、しばらくは立てなかった。

だが、やがて、力なく立ちあがり、よろよろと歩きはじめた。以前に使いにやらされて、社長の自宅を知っている。老人はそれを訪ねることにしたのだ。

とりかえしがつかなくても、逃げてはいけない。老人は、こんなにまでなっても悪にふみ切れない自分が、いくらか情けなくもなった。だが、からだにしみこんでいる道徳心は、それを許さなかった。いまからでも返済すれば、少しはつぐないになるだろう。

しかし、息を切らせながら社長の自宅にたどりついたが、そこでもつぐないはできなかった。社長は留守だったのだ。いや、社長ばかりか、家族だれひとりいなかった。

近所で聞いてみると、数時間まえに、あわてて引っ越していった。移転先は不明、ということだった。

まだ昼間だったが、老人の頭には夜逃げという言葉が浮かんだ。大金が消えて借金がかえせなくなり、また、取引き先にも言いわけがたたない。それで社長は逃げ出したにちがいない。老人は恐ろしくなった。自分のちょっとした行為が会社をつぶし、社員たちの職を奪い、社長に夜逃げをさせた。こうなったら、首でもくくらなければ……。

首をくくる気になりかけた老人の頭には、さらに恐ろしい想像が浮かんできた。首をくくろうとしているのは、社長かもしれない。「悪いことはしないだろう」と、自分を信用してやとってくれた社長だ。社長自身も責任感が強いにきまっている。部下の監督不行き届きを、自身の責任とし、関係者への申しわけにと……。

もし、そんなことにでもなったら、殺人ではないか。法律的には単なる盗みかもしれないが、道徳的には殺人だ。直接に手は下さなくても、その原因を作ったのは、ほかならぬ自分なのだ。

想像はますますあざやかに、ますます恐ろしい形になった。社長ひとりが自殺するばかりか、家族を道づれにするのではないだろうか。引っ越したあとの、ぶきみに静まりかえった家が、それを暗示しているようだった。

極悪非道という文句が、老人の心のなかに響きわたった。自分のために、そんな破局がひきおこされたら……。

こうしてはいられない。それだけは防がなければならない。それには、どうしたら。しかし、いい考えは浮かばなかった。気が転倒しているせいもあった。

とても自分の手にはおえない。といって、ぐずぐずしていると、この時刻にも、どこかで一家心中が行われかけているのかもしれないのだ。興奮と、歩きつづけた疲れとで、老人の心臓は激しく波うち、いまにも止りそうな状態だった。だが、心臓のほうは、そうつごうよく止ってはくれなかった。

老人はやっと、警察の存在に思いついた。もはや、ためらってはいられない。事件はおもてざたになり、盗みの罪で刑を受けなくてはならなくなるだろう。しかし、このまま逃げて、人を死に至らしめたという良心の苦しみをせおって、これから先を生きるよりは、はるかにいい。警察の手で社長をさがし出してもらおう。

警察にころがりこんだ老人は、カバンをさし出し、息をきらせながら事情を訴えた。おろおろ声の、泣きながらの早口だったため、相手には聞きとりにくかったかもしれない。

刑事はカバンを受取り、なかを調べていたが、やがて言った。

「おっしゃる内容がよくわかりませんが、いずれにしろ、ごくろうさまでした。この紙幣はしばらく前、銀行間の輸送中に強奪されたものです。一連番号の控えがありますから、まちがいありません。銀行からは謝礼が出ることになっていますし、表彰ものですよ。新しい紙幣ですから、指紋の検出で、一味への手がかりも得られそうです。警察へ協力してくれる人が少なくなった時世を、われわれがなげいていたところでしたが、おとしよりの身で、よくやってくれました。さぞ、たいへんだったでしょう。しかし、なぜこんな勇気がわいたのか、お話ししていただけませんか」

だが、老人はいくらか耳が遠く、それに、あまりに緊張しすぎていた。かけつけてきた新聞社のカメラや、テレビ用のマイクを前に頭をぺこぺこ下げ、用意していた言いわけの文句をくりかえすだけがやっとだった。

「ほんの、酒の上での出来心です……」

問題の男

「先生。おはようございます」

と声をかけてきた受付の女の子に、R女史は軽くあいさつを返した。そして、ドアの上に人生相談所と書かれてある部屋のなかに入り、大きな机を前にして椅子《いす》にかけた。

ここはある婦人雑誌社のビルのなか。R女史は週に三日、この部屋に出勤し、人生相談に応ずることになっていた。人びとは亭主の不行跡、子供の不良化など、さまざまな問題を持ちこみ、彼女に相談し、一応なっとくしたような表情になって帰ってゆく。

言うまでもなく、客の大部分は女性だった。雑誌社のPRを兼ねているような形なので、無料でもいいのだが、いくらかの料金を取ることになっていた。そのため、単なるひやかしの客はまったくなかった。

R女史はコンパクトを出し、ちょっと化粧のくずれをなおした。四十歳ちかくになってはいたが、いまだに独身のため、まだ若さが充分に残っていた。しかも、理智《りち》的な顔だちをしていた。顔だちばかりでなく、女史の回答は明快で評判がよかった。

「先生。お客さまです」

と、ドアをあけて、受付の女の子が来訪者を取りついできた。女史はコンパクトをしまい、メモを机の上にひろげ、改まった口調で言った。

「さあ、どうぞお入りなさい」

それに応じて入ってきたのは、三十をいくつか過ぎたと思われる女性で、やつれたような様子だった。顔つきは、そのやつれがなかったとしても、あまり美人とは呼べなかった。女史はそばの椅子にかけるようながして、

「どんなことでお困りなのでしょうか」

「それが、あの……」

と、相手の女はもじもじした。なにかで悩みがなければ、こんな所を訪れはしない。だが、どことなく異常な目の光は、その問題が小さなものでないことを示していた。

「さあ、お話ししてごらんなさい。さっぱりしますよ。それから、どうしたらいいかを一緒に考えましょう。あたしは今まで、多くの人の相談にのってきました。心配なさることはありません。きっと、いい解決法が見つかるでしょう」

女史は緊張をほぐすように努め、相手の女は少しずつ話しはじめた。

「じつは、一カ月ほど前から……」

「どうしました」

「男の人と生活しているのです」

「べつに困ることではないではありませんか。結婚なさったのですか」

「それが、結婚ではないのです」

同棲《どうせい》だな、と女史は心のなかで思ったが、その言葉を口にはしなかった。相手の傷に触れるようなものだ。そして、なにげない口調でその先を聞くことにした。

「では、なぜ一緒に暮すことになったのですか」

「彼とはふとしたことで知りあったのですが、とてもハンサムな青年です。あたしがずっと心に描いていた、理想の人そのままの男なのです。それにひきかえ、あたしは、もうそんなに若くはありません。そこで、彼を逃したくなくて……」

相手の女は言葉をきり、女史はうなずいた。その気持ちは女史にもよくわかった。そんな男性があらわれたら、あたしだって心が動くだろう。もっとも、最近は独身の女性をねらう結婚詐欺《さぎ》がふえているので、まずそれを疑いはするだろうが。

「しかし、いまのままでは不自然ですよ。ちゃんと届け出をして正式に結婚しておかないと、あとでいろいろと面倒がおきます。内縁のままというのは、よくありません」

「ええ、それは知っています。だけど、だめなんです」

と女が答えたので、女史はその理由を聞いてみた。

「なぜなのです」

「区役所で受付けてくれないのです。あの人が手をまわして、受付けないようにしているのですわ」

「一緒に生活をしていながら、結婚はしたくないとは、無責任な男ですね。それなら、思い切って別れてしまいなさい。なかなかそんな気にはなれないでしょうが、ここでしっかりしなければ、あなたの一生はだいなしになってしまいますよ」

相手の女は二度ばかりうなずいた。

「そのこともわかっています。あたしも考えたあげく、決心しました。だけど、だめなのです。あたしが別れるつもりになっても、その男は出て行ってくれないのです」

「そんな男に負けてはいけません。警察にたのんで、追い出してしまうのですよ」

と、女史ははげましました。だが、女は表情をさらに暗くし、ツメをかみながら答えた。

「ええ、それもやってみました。だけど、警察もとりあってくれません。警察の人たちも、あの人に言いくるめられ、買収されてしまったにちがいありませんわ。いくらたのんでも、動いてくれないのです」

女史は首をかしげた。どうやら、よほどたちの悪い男らしい。表面はやさしいくせに、いったん食いつくと、なかなか離れない。その上、やり方が巧妙で……。

「悪魔のような男ですね」

「ほんとですわ。あたしに命令することまで」

「どんなことを命令するのです」

「お酒を飲めとか、男を誘惑して金を巻き上げてこいとか、時にはもっといやなことを……」

「なんという、ひどい男でしょう。それで断わると乱暴なことでも」

「べつに乱暴はしませんけど、あたしが承知するまで、耳もとでささやきつづけるのです」

女史は思いついたことを聞いてみた。

「きっと、その男は異常性格なのでしょう。お医者さまに連れていって、みてもらう必要があるようですよ」

「それもやってみました。だけど、やはり同じことです。あの人にまるめこまれ、お医者さまも引きとってくれません」

女はため息をつき、女史もまた、ため息をついた。

「驚きましたね。それで、あなたのほうで逃げ出そうと試みたことは」

「ええ、何度もやってみました。しかし、そんなことで離れられる男ではありません。すぐに見つけだされてしまいます。そして、家に帰るよう口説きはじめるのです。そうなると、あたしは負けてしまいます」

「よく、この相談所へ来ることができましたね」

「そっと抜け出したのです。だけど、あの人のことだから、もしかしたら、ここまで追いかけてくるかもしれませんわ」

と、女はドアのほうを、心配そうに見つめた。

女史はメモした紙を眺めながら考えた。容易ならざる男のようだ。この女ひとりでは、とても対抗できそうにない。しっかりした弁護士でもつけなくては、むりのようだ。

しかし、女史は内心、そんな男に会ってみたい気にもなった。善良な人間とはいえないが、たしかに興味のある男だ。女史がいままでつきあった男のなかには、こんなふうな、ある意味では魅力的とも呼べる者がいなかった。

「まず、あたしからその男に、よく話してあげましょう。言いきかせてだめだったら、また次の方法を考えるとして。その人をここに連れてくることはできて……」

「さあ。だけど、やってみますわ」

と女は答え、ドアから出ていった。

はたして連れてこられるだろうか。どんな男がくるのだろうか。女史は期待に似た感情にひたりながら、メモの整備をはじめた。

その時、ドアが勢いよく開き、いまの女が戻ってきた。

「どうしたのです。忘れ物はなかったようだけど」

「いえ、先生。そこにいましたわ。やはり、あたしのあとをつけてきて、そこで待っていたのですわ」

「ちょうどいいではありませんか。では、ここに連れていらっしゃい」

と女史は言い、その女は答えた。

「この男ですわ」

「どの男ですか」

「ここにいる、この男ですわ」

しかし、部屋のなかにはだれもいず、女の指さす所にはなにもなかった。女史はまばたきをしながら、その様子を見つめていたが、すぐにすべての事情を了解した。

そうだったのか。この女が作りあげた妄想の男だったのか。

あまり美しくなく、婚期を逸した女のあせりが高まり、幻の男性を作りあげてしまったようだ。妄想のなかの男では区役所が受付けるはずがないし、警察力をもってしても追い払えるはずがない。

また、病院では、これ以外の点では正常で、とくに他人に迷惑をかけることもないこの女に対して、入院の必要を認めなかったのだろう。

しかし、女史はそんなことを顔にはあらわさず、女の指さしたあたりの空間にむかってまじめな口調で話しかけた。

「さあ、この女のひとと、いいかげんに別れてあげなさい。だれかにつきまといたいのなら、あたしにつきまといなさい」それから、女にむかって「あなたからも、たのんでごらんなさい」

女は言われた通りにした。その様子はひとりごとを言っているように見えた。女史は女の肩をたたき、

「もう大丈夫ですよ。これで、つきまとうこともしなくなるでしょう。だめだったら、また相談においでなさい」

と声をかけながら、ドアから送り出した。女の妄想がどの程度に強度なものかはわからない。

いまの言葉で消えたのかもしれないし、消えないかもしれない。しかし、消えれば来なくなるだろうし、消えなければ、またやって来るだろう。その時には、適当な医者を紹介してあげればいい。

こう考えながら、女史は一応の解決に満足し、自分の椅子にもどった。ふと気がつくと、そばに男が立っていた。

「どなた」

「どなた、とはひどいなあ。いま、今度はあたしにつきまとってくれ、とおっしゃったじゃありませんか」

美しく、スマートなその青年は、口もとになぞのような微笑を浮かべ、やさしい声で話しかけてきた。

非常ベル

「いいか。綿密な調査と完全な計画。それに加うるに、訓練と協力だ。これだけそろえば、成功はまちがいない。おれが陣頭に立って攻撃する」

エフ氏の口調は確信にみちていた。といっても、彼は軍人でも社長でもなかった。また、野球チームの監督でもない。チームはチームでも、数名の子分を持つ犯罪チームの親分だった。彼のこの意見は、いままでの実績によって、裏付けもされている。つまり、毎回うまく戦果をあげてきていたのだ。

こんどの目標はダイヤモンドだった。R宝石店のショーウインドウのなかに、みごとな大粒のダイヤが、これみよがしに飾られてある。妖精《ようせい》の国の不死のホタル。地上に引き寄せられた空の星。凍結させられた朝の光。高貴で冷たい輝きは通行人の目をひきつけ、充分な効果をあげていた。だが、その効果がありすぎて、エフ氏のねらうところとなってしまったのだ。

第一段階は、まず綿密な調査だった。エフ氏はダイヤに関する勉強をした。万一、あれが精巧なるイミテーションだったとしたら、いかに苦労して手に入れてみても意味がない。いちおうの知識を得てから、彼はさりげなく観察した。人工の模造品なら、あれほどのきらめきを示すはずがない。本物であることは確実だ。

勢いよく石を投げつけてウインドウを破り、わしづかみにしたい衝動にかられた。だが、そんな行為は、頭の悪いやつのすることだ。エフ氏は興奮を押え、検討すべき点を、立ちふさがるガラスに移した。相当な厚みを持つ、硬質ガラスと判明した。

彼はこれと同じガラスを何枚も買った。手を突込める大きさの穴を、ガラス切りであけるという練習を開始したのだ。最初のうちは五分ほどかかった。だが、そんなのんびりした作業は許されない。やがて、熟練することにより、所要時間を一分に短縮することができた。これ以上は早められないものだろうか。彼はガラス切りの改良に熱中し、それによって、二十秒で行えるまでになった。あれやこれやで相当な出費となったが、安全への投資と思えば安いものだ。

いっぽう、エフ氏は子分たちの分担をきめた。ガラスを切るあいだ、人びとの注意をそらす必要がある。彼はひとりの子分に、心臓病の発作の芝居をするよう命じた。しかし、芝居と見破られては万事休する。真に迫った演技にまで高めなければならない。通行人が電話で、救急車を呼んでくれるまでに。救急車のサイレンほど、あらゆる人の注意をひきつけてくれるものはない。

出来が悪いと、エフ氏はしりをけとばし、何度もやりなおしをさせた。まさに涙ぐましい、血のにじむような訓練だった。

エフ氏はまた、ほかの子分にはべつな任務を与えた。ダイヤを握って逃走する時、その追手をはばむ役もあったほうがいい。わざとらしくない意外な方法はないだろうか。彼は考えたあげく、生きたウナギを道にぶちまける案を採用した。配達の途中ぶつかったという形で、道路上に広くまき散らすのだ。この訓練も楽ではなかった。

オートバイの準備も必要だった。少しはなれたところに、エンジンをかけたままのを用意しておく役割りは、あまり才能のない子分にふりあてられた。

そして、これらのすべてが、一糸乱れぬ統制のもとに進行しなければならない。失敗は損失だけでなく、刑務所行きを意味する。人影のない野原を選んで、その演習が重ねられた。全員の呼吸がぴったりと合うまで。

知らない人が見たら、いいとしをして鬼ごっこか、と思うかもしれない光景だった。だが、見物されないように注意したことはいうまでもない。

一致した行動は、極限にまで高められた。突発事故で中止する場合の合図もきめられた。たとえば、非常ベル。ガラスに穴をあけ終らないうちに鳴り出したら、断念して逃走する。だが、ダイヤをつかんだ時だったら、そのまま決行。

すべての打ち合せが完了した。これで、どこかに欠陥があるだろうか。研究に研究を重ねられたが、もはや問題はなさそうだった。

いよいよ実行の時となった。にわか雨の降りはじめた日の夕刻が選ばれた。人通りは少ないほうがいいのだ。

エフ氏はウインドウの前に立ち、ガラスの壁への攻撃を開始した。もちろん、指紋を残さないため、手袋をはめている。また、メーキャップで変装もしている。かくしてあるカメラが自動的に撮影しないとも限らないからだった。

ひとりの子分が演技をはじめたらしく、救急車のサイレンが近づいている。いまだ。訓練の成果に加え、緊張したせいもあり、エフ氏は十五秒でガラスに穴をあけ終えた。非常ベルも鳴り出さない。彼は穴から手を入れ、あこがれのダイヤを握ることができた。感激の一瞬。これまでの猛訓練もむだではなかった。ウナギのカゴをかかえた子分も、道ばたで待っている。

思わず顔の筋肉がゆるみ、笑いがこみあげてきた。押えきれない笑いが……。

笑いがいったんおさまったのは、警察のなかでだった。

「なぜ、つかまってしまったのだろう。非常ベルも鳴らなかったのに」

エフ氏のつぶやきに、そばにいた宝石店主が答えてくれた。

「犯人に非常ベルになってもらう仕掛けになっているのです。ウインドウのなかに、笑いガスを封入しておくという方法です。ガラスが割られたとたん、大きな笑い声をあげて、それを知らせてくれます」

店主はにっこりと笑った。だが、エフ氏のほうは、まだ笑いガスの効果が残っているため、腹をかかえて大声で笑いつづけるばかりだった……。

古代の秘法

「さあ、みなさん。大いに飲んだり食べたりして下さい。いくらでも用意してあります。そして、のちほど、すばらしいことの発表をいたします。その前祝いというわけです」

とアール氏がいった。ここは彼の大邸宅。各界の多数の人びとが招待され、パーティーが開かれたのだ。彼は大きな景気のいい食品会社の経営者だった。したがって、費用も惜しみなく使い、そろえられた料理は、どれもこれも最高級の味で、食欲をそそるものばかりだった。

来客の一人が、お礼のあいさつを兼ねて質問した。

「こんなにも豪華な会によんで下さって、ありがとうございます。お言葉に甘えて、たくさん食べさせていただきます。ところで、どんなすばらしいことなのでしょうか」

ふとったからだのアール氏は、にこやかに話しはじめた。

「わが社は驚異的ともいえる発展をしております。これというのも、みなさまがたが、わが社の製品を大量に召しあがって下さるからです。しかし、金をもうける一方というのが方針ではありません。利益の一部をもって社会に奉仕しようと考え、南方の奥地にむけて学術探検隊を派遣する資金を出しました」

「そうでしたか。たいへん結構な精神ですし、学術探検も意義のあることといえましょう。しかし、社会への奉仕と南方の奥地とでは、かけはなれているようにも思えます。どこでどう結びつくのですか」

「そこです。じつは伝説によると、その地方には古代において、たいへん長命な種族が住んでいたそうです。できるものなら真相を調査し、その秘法を発見したいと考えたわけです」

長生きの秘法という言葉で、来客たちは目を輝かせ、みないっせいにうなずいた。

「なるほど。そんな計画を進めていらっしゃったとは、少しも知りませんでした」

「不意に発表して、みなさまを驚かせようと思い、いままで内密にしていたのです。探検隊はジャングルを抜け、猛獣と戦い、急流を渡り、けわしいがけを越え、種々の危険に出会いました。しかし、装備が優秀であったため、ぶじに切り抜けることができました。わが社からの資金の応援が、充分だったからなのです」

アール氏はPRをつけ加えることも忘れなかった。だが、お客たちのほうは身を乗り出し、その話の先を聞きたがった。

「それで、どうなったのです」

「そしてついに、その古代の住民たちの遺跡を発見しました。相当な文明を持っていたらしく、石で造られた住居です。幸運なことには、そこで目的のものをさがしあてたのです。壁のひとつに絵や文字が書いてありました。絵から判断すると、長命の秘法を記したものにまちがいありません」

この報告で、あたりは歓声にみちた。

「本当としたら、なんとすばらしいことでしょう」

「わたしも満足です」

うれしそうに笑うアール氏に、来客たち

は気がかりそうな口調で聞いた。

「現代の夢ともいうべき収穫ですが、それは公表して下さるのでしょうね」

「もちろんですとも。発表いたします。人類のあこがれである長命の秘法です。個人が秘密に独占すべきことではありません。みなさま全部に長生きしていただき、人生を楽しんでいただく。これはすなわち、わが社の製品をそれだけ大量に愛用していただけることにもなります。まさに、社会と事業との共存共栄といえましょう」

アール氏はとくいげにいった。みなは一刻も早くそれを知りたがった。

「では、すぐに公表して下さい」

「もうしばらくお待ち下さい。探検隊はその壁面の写真をとってきました。しかし、古代の失われた文字です。すぐには読めません。そこで、その方面の専門の学者に、解読の研究を依頼したのです。そして、さきほど、やっと成功した、という電話がありました。その学者は、まもなくここにみえるはずです。わたしもみなさまとともに、その発表に接することにしたいと思います。それまで、遠慮なく召し上りながらお待ち下さい」

みなは歓声を高め、乾杯をしあい、料理を味った。夜もふけ、時間もおそくなったが、だれひとり帰ろうとしなかった。その偉大な瞬間にいあわせたい気分は、だれも同じだったのだ。

やがて、学者が到着した。アール氏は紹介の言葉をのべた。

「みなさん、お待たせしました。お静かに願います。解読に努力して下さった先生です。さあ、先生。この記念すべき、劇的な成果の発表をお願いいたします」

拍手がわき、立ちこめるタバコの煙は、それでゆれるように見えた。しかし、学者は口ごもった。

「それが、ちょっと気になる問題点がありまして……」

「どうなさったのです。長命の秘法ではなかったのですか」

「いや、長命の秘法であることにまちがいありません」

「それでは、複雑で実行困難だとでも」

「いや、きわめて簡単な方法です」

「それでしたら、遠慮なさることはありません。社会のために発表し、人びとにひろめるべきでしょう。さあ」

うながされて、学者はやっと口を開いた。みなは耳をすませていた。

「では、わたしが解読した内容をお話しいたしましょう。現在の言葉に訳しますと、こうなるのです。早寝早起き、そして腹八分」

死の舞台

明るさのみなぎっている、青い空。いくつかの小さな雲が、ゆっくりと遊んでいる。スモッグはお休みらしく、好ましい天候の日といえた。その空にむかって、都心ちかくにそびえている高層建築。近代的なデザインのホテルで、新しく白く、輝いてでもいるようだ。これも好ましい眺めだった。そして、その屋上にいるひとりの女性。若く美しく、いくらかうれいを含んだ表情で、これもまた、好ましい光景だった。

しかし、ひとつだけ、好ましくない点があった。彼女の立っている場所だ。屋上のふちには金網がめぐらしてあるが、その内側ではなく、外側だったのだ。一歩でも進めば、いや、一歩も動く必要はない。金網をつかんでいる手さえ放せばいい。そのまま五十メートルほどを落下し、数秒後にはコンクリートの地面に激突することになる。

最初の発見者は、下の道路を通りがかった青年だった。彼はホテルへ入り、受付に立ち寄り、好奇心にみちた口調で聞いた。

「こちらの屋上に、マネキン人形が飾ってありますね。あれは単なる虫干しなのですか。それとも、新しい宣伝方法かなにかで……」

受付の係は、一瞬ふしぎそうな顔をした。しかし、たちまち混乱の渦がまきおこり、そのひろがりは押えようがなかった。

そのなかで、責任者であるホテルの支配人は、さすがに沈着だった。ただちに警察および消防署に連絡をとらせ、また、屋上への一般立入りをとめるよう命じた。それから、自分ひとり屋上へあがった。

「それ以上は近よらないで」

支配人があと十メートルぐらいに歩み寄ると、金網のそとの女が言った。支配人にしても、物ごとが簡単におさまるものとは、期待していなかった。彼は足をとめ、なにげなさをよそおって話しかけた。

「おじょうさん。そこは危うございますよ。なにをなさっておいでなのです」

「みればおわかりでしょ。自殺をするつもりなの。自殺ってのはね、なぜだか知らないけど、安全なとこじゃできないのよ。お願い。じゃましないで」

彼女は笑っているような、泣いているような声で答えた。それがかえって、緊迫感を高めた。支配人は彼女から目をはなさず、注意ぶかくつぎの言葉を口にした。飢えたトラを前にした猛獣使いに似た状態だった。

「わかりました。おとめはいたしません。思い悩んだあげくの、覚悟のうえのことなのでございましょう。くわしい事情は存じませんが、ご同情申しあげたい気持ちでございます」

「ありがとう。世の中にはまだ、親切なかたもいらっしゃったのね」

「恐れ入ります。しかし、いかがでございましょう。わたしの立場についても、ご同情いただけないものでございましょうか」

「どんなことなの」

「ここの支配人をいたしております。観光シーズンを控えた、できたてのホテルでございます。いま、ここで自殺をされては……」

それは本心でもあった。しかし、意味をとりちがえたのか、女は言った。

「ホテルの宣伝になるかもしれないわね。あたしにできる、ただひとつのお礼よ。親切な言葉をかけてくれた、あなたへの……」

「冗談ではございません。宣伝どころか、不吉な評判がひろまってしまいます。で、こんなことを申しあげてはなんですが、もし、お悩みがお金の問題でございましたら、お立て替えさせていただきましょう。なんとか、飛び下りるのを、思いとどまっていただけないでしょうか」

と、支配人は提案した。女はちょっと目を丸くした。

「ほんとなの、それは。だけど、思いとどまったとたん、値切られちゃうんじゃないかしら、世の中って、おたがいにだましあっているようなものですものね」

「とんでもございません。ホテルの信用にかけて、お約束は守ります。お疑いでしたら、ご指定のかた、あるいは銀行へ、いますぐお払いいたしてもよろしゅうございます」

「いいお金もうけがあったものね。でも、およしになったほうがいいわ。それが前例にでもなったら、流行しちゃうわよ。世の中には、ずるい人が多いんだから、かえって、あなたに迷惑をかけることになってしまうわ。それより、このままあたしを死なせて」

金銭では解決しそうにないので、支配人は言葉につまった。その沈黙をさえぎるようにパトロールカーのサイレンが聞こえた。警官たちが散り、五十メートル下の道路で、やじうまたちの整理をはじめた。アリの群が右往左往しているように見えた、ざわめきが不規則に立ちのぼってきた。

まもなく、中年の警察官が屋上にあがってきて、弱りきった顔の支配人と交代した。警察官は強く鋭い口調で言った。前にも、こんな場面にであった経験でもあるのだろうか。

「おやめなさい。そのような行為は、社会に迷惑をかけるだけです。それを知ってのうえなのですか」

「ええ、わかっているわ。だけど、あたしは死にたいのよ」

「なぜ、死のうとなさるのです。なにか罪をおかしたのですか。どんな犯罪かは知りませんが、死でつぐなうほどのことではないでしょう。思いとどまったらどうです。決して、悪いようにはしません。反省の意識は、よくわかりました」

「ありがとう。でも、そんなことで罪を軽くする前例も、作らないほうがいいと思うわ。屋上で自首をする人がふえるんじゃないかしら」

「その時はその時です。で、どんな罪をおかしたのですか」

「あたしはべつに、いままで悪いことをしなかったわ」

と女は否定し、警察官はあやまった。

「失礼しました。警察の仕事をしていると、つい犯罪と結びつけてしまいます。それではなにが原因なのです。不治の病気にでも……」

「病気で死ねるんなら、こんな死に方を選びはしないわ。あたしは健康よ」

彼女は顔を動かし、下に目をやった。群衆はうごめきながら見あげ、ホテルの窓からも人びとの首が出ていた。しまったままの窓もあったが、そのガラスの裏には、やはり熱をおびた視線がひそんでいるのだろう。警察官はそれを指摘した。

「あの連中をごらんなさい。あいつらはみな、あなたの死を見物しようとしているんですよ。テレビや映画のように作りものでない、本物の死を見のがすまいと。あとで、とくいになって友人に話すためにです。そんな冷酷なやつらの期待にこたえ、楽しませてやることもないじゃありませんか」

「ええ。それもわかっているわ。人間て、だれでも、他人の不幸を見物するのが、とても好きなものね、あたしにもよくわかるわ」

「それだったら、飛びおりることをおやめになったらどうです」

「わかったうえでのことなのよ。もう、これ以上は話しかけないで。死ぬ前のひとときを、静かにすごしたいのよ」

警官はさじを投げ、自分の首すじに手を当てた。しかし、バトンタッチの形で、身だしなみのいい、眼鏡をかけた紳士があらわれた。話しかけようとするのを察してか、女はさきに断わった。

「あたし、宗教には関心がないのよ。神さまや仏さまのお話なら、あたしが死んでからにしてちょうだい」

「いや、牧師のたぐいではありません。まあ、気を落ち着けて、お話でもいたしましょう」

「あたしは落ち着いているわ。さわいでいらっしゃるのは、あなたがたのほうじゃなくって」

「これは、一本やられましたな。だが、なんで落ち着いていらっしゃるのです。テレビのタレントにでもなるための、売込みのお芝居じゃないのですか」

紳士は笑ってみせ、言葉じりをとらえ、わざと意地の悪い話題をちらつかせた。頭のいい、巧妙な作戦のようだった。

「こんな方法でタレントになったって、成功はしないわよ。人びとは、もの珍しさにすぐ飽きるものよ。飛びおりて、まだ死なずにいられたら、手記ぐらいは売れるかもしれないけど。どっちにしろ、けちなお話よ」

女は作戦にひっかかってこなかった。立腹もしなければ、虚無的な表情を変えようともしなかった。紳士はべつな計画をたてた。

「あなたなら、もの珍しさだけでなく、立派なタレントになれますよ。そのニヒルな美しさは、現代人の感覚にあうと思います」

「あら、そうかしら」

彼女はちょっとにっこりした。それを見て、紳士は勢いづいた。やはり女だ。おせじを言うと、死にのぞんで悟りきっていても、悪い気はしないらしい。

「そうですとも。あなたほどの若さも美しさも持たず、つまらなく生きている人はたくさんいます。もし、あなたが年とった人生の敗残者でしたら、とめたりはしません。惜しい気がしてなりませんね。人生にはまだまだ、すばらしいこと、美しいことがあるのですよ。あなたなら、それを手に入れることができるでしょう」

「それも知っているわ」

「ある詩人は、こう言っています。暗く寒い冬のほらあなを歩み疲れ……」

紳士はロマンチックな調子で詩の引用をはじめた。そのとたん、女は言った。

「あ、思い出したわ。どこかの週刊誌で、身上相談の回答をやっていらっしゃる、心理学だか精神分析だかの先生ね。そういえば、お写真で拝見したことがあるわ。それに、すぐに詩を引用なさるのが特徴ね」

「いや、見破られてしまいましたか」

「ずいぶん本をお出しになったりして、景気がよさそうね。うらやましいわ。だけど、あたしの気はたしか、精神は健全よ。それから、身上相談では打ちあけられないような問題なの」

「しかし、ちょっと話すぐらいなら……」

「いいわ。ちょっとだけね。じつはね、結婚問題なのよ。といっても、親の無理解とか、相手に妻子があるとかいうたぐいではないわ。もっと切実なこと。あ、そうだわ。先生が奥さんと離婚なさって、あたしと結婚していただけるのなら、中止してあげてもいいわ」

「しかし、まさか、そんなことも……」

「でしょう。さっきはあんなに、おせじをおっしゃっていたくせに。でも、これは最後の冗談よ。もうお帰りになったほうがいいわ。あたしの飛びおりるのに立ちあい、とめられなかったとなると、身上相談の先生の信用が落ちてしまうわ」

もはや、だれの手にもおえそうになかった。はるか下からの群衆のざわめき、この屋上の沈黙。その対照のなかで、息苦しい緊張が高まりつづけていた。破局はすぐそばまで訪れているのだろうか。

その時、若い男が屋上にかけあがってきた。ホテルの係員に阻止されながら、彼は大声で叫んでいた。

「待ってくれ。ぼくだ。どんなことでもする。思いとどまってくれ……」

それを耳にし、女の顔はかすかに感情をとりもどした。乾燥した砂漠に、はじめて草の芽があらわれたようだった。いま話にでた結婚問題とは、この青年とのことだったらしい。

女は警察官に声をかけ、助けを求めた。慎重にナワが投げられ、彼女はそれを握り、ふちを伝い、金網の内側へ移ることができた。青年はかけより、彼女を抱きしめ、興奮した顔を見つめあった。

五十メートル下の群衆は散りはじめ、ホテルの窓からは、不満そうな首がひっこんだ。聞きとることはできなかったが、なかには、ののしるような声をあげた者もあった。

しかし、屋上の関係者のあいだには、ほっとしたため息が流れた。若い生命が、無意味に散ることもなくすんだのだ。どんな事情があったのかはわからないが、二人はいっしょになることだろう。

彼女はもはや、二度とこんなことはしないだろう。そして、彼ももう二度と、彼女にこんなことをさせはしないだろう。

「ねえ。あたしたち、結婚できるかしら」

二人きりになり、女は気づかわしげに聞いた。青年はそっと、だが、力強くささやきかえした。

「できるとも。大成功だった。ぼくがホテルの受付に知らせたとたん、まったくの混乱状態だ。想像以上だったな」

「あたしの演技が、一世一代のすばらしさだったせいよ」

「おかげで盗みほうだい。一流ホテルだけあって、客だねがよく、すごい収穫だ。みなドアにカギをかけるのも忘れ、窓にへばりついていた。お客ばかりか、ボーイたちまでも。だれにも顔を見られなかった。こんな楽な犯罪は、二度とありえないだろうな。もっとも、二度と使える方法でもないだろうが……」

マスコット

ちかごろの世の中は、むかしとくらべてすっかり変ってしまった。私たちにとっては、少しも働きがいのない時代だ。そう。私は幸運の神によってこの世に派遣されたものの一員。ふつうマスコットと呼ばれている。

私はこの数百年ほどのあいだ、ずっと一枚の貨幣に宿ってきた。ほかの物に引っ越すことができないわけでも、許されていないわりでもない。だが、この金貨の住み心地はそう悪くないし、それに、あまりしばしば移転することは、マスコットとしての立場からいって、いいことではない。

多くの人の手をへてきたため、この金貨はいまではずいぶん古ぼけ、汚れてしまい、見ただけではもちろん、私が宿っているなどとわかるはずがない。もっとも、外見だけでわからない点では、むかしも同じことだった。しかし、むかしの人びとは私の存在に気づいていて、なんとかしてこの貨幣を手に入れようとし、手に入れたからには二度と放すまいとしたものだ。

たとえばナポレオンの一生など、すべて私とともにあったといえる。私を身につけている時は旭日《きょくじつ》昇天の勢いだったが、それを紛失するやいなや、目もあてられない状態になった。モスコー遠征でさんざんな目にあい、エルバ島に流されてしまった。だが、日用品のなかにまざって私が手渡されると、たちまちパリに戻り、帝位につくことができた。

　このように、私は職務にはきわめて忠実。かならず持ち主に対して、幸運をもたらしてきた。しかし、どうもこのごろは働く意欲をそがれるばかりだ。なぜって……まあ、話を聞いてもらいたい。

　私はしばらく前に、加工されてキー・ホールダーにされてしまった。通用しない古い貨幣だし、このことに別に不満はない。そして、小さな古道具屋のウインドウの片すみに置かれていた。

その古道具屋は繁盛《はんじょう》し、店の品物の売れ行きはすばらしかった。店の主人のために、私が幸運をもたらしていたのだから、それはふしぎではない。あまり売れ行きがよくて、仕入れるのがまにあわないほどだった。

だが、ある日ついに、主人は私を手ばなした。調子に乗った主人は、一人の若い男の客にむかって、私の宿っている貨幣を押しつけた。残っている品は、ほかにほとんどなくなっていたのだ。

「こんなキー・ホールダーはいかがです。金貨ですし、これは幸運のマスコットなんですぜ」

例によって高い値段をつけ、売りつけてしまったのだ。どうも妙な時代になったものだ。幸運のマスコットなら、簡単に手ばなさなければいいだろう。また、買うほうも買うほうだ。そんなことに少しも不審を抱かず、言い値どおり支払った。

かくして、私の持ち主は変った。古道具屋はこれからさびれる一方だろう。

こんどの新しい私の持ち主は、登山を趣味とする青年だった。古道具屋の言葉をすなおに信じて買ってくれたので、私は大いに知遇にむくいようと思った。

そこで、彼が山を歩いている時、鉱脈のあることを知らせてやろうとした。彼の歩いている前に、岩の小さなかけらを、がけから転がして彼に気づかせようとした。しかし、なんということだろう。高い含有率を持つ鉱石が目の前にあるのに、彼はそれを手にとろうともしなかった。

「ああ、驚いた。もう少しでぶつかるところだった。危い、危い。まったく、とんでもない話だ。なにが幸運のマスコットだ」

彼はこうつぶやき、まもなく私は追い出されることになった。たまたま訪れてきた友人が私をみつけ、

「いいものを持っているじゃないか。ゆずらないか」

と言ったのをいいことに、彼はいいかげんな話をでっちあげ、古道具屋へ支払った金を回収した。

「このキー・ホールダーのことか。これは幸運のマスコットなんだが、ほかならぬきみのことだ。売ってあげるよ」

「それはありがたい。これで、こっちにも少しは運がむいてくるかもしれない」

人びとは幸運にあこがれている。だからこそ、こんな話を聞くとすぐに飛びついてしまう。こんどの持ち主は画家。しかも、なかなか売り出せないでいる画家だった。

そのため、マスコットという言葉にひかれ、それに頼ろうとしたのだろう。

彼には才能がないわけではなかった。それなのに、どうもぱっとしなかった。たちの良くない女にくっつかれていたせいもあった。

彼は絵をいくつか抱え、画商めぐりに出かけた。マスコットを持って歩けば、あるいは絵が売れるのではないか、と思ったらしかった。

しかし、私はいっしょに回ってみて驚いた。どれもこれも、いいかげんな画商ばかり。こんなのを相手にしているから、いつまでたっても芽が出ないのだ。まずこの連中と縁を切らせなければいけないと思い、相手に働きかけて、こう言わせた。

「だめですな。もっと大衆に受けそうな、気のきいた絵をかいて下さいよ。いまのままでは、これからさき、うちの店では扱えませんね」

私の持ち主の画家は、がっかりして家に帰った。その時、私は問題の悪女にこう言わせた。

「どこの画商でも断わられたんですって。だめねえ。あんたなんかといっしょにいても、ろくなことはないわ。もう、あいそがつきちゃったわ。出て行くわよ」

そして、彼女はいなくなった。これでよし。たちの悪い画商と、くされ縁の女との整理ができたのだ。幸運を呼びよせるための、受入れ態勢ができたわけだ。

さて、これからという時。またも情けない結果になってしまった。彼はぐったりとし、身の不運をなげき、ほっとけばいいのに、逃げた女のあとを追いまわした。なぐさめにきた友人の一人に、彼は涙ながらに訴えたものだ。

「ひどい目にあわされた。なんでこれがマスコットなものか。いままでの画商にはしめ出され、女には出て行かれてしまった。マスコットはマスコットでも、悪運のマスコットにちがいない」

と、大げさな口調で、なにもかも打ちあけた。すると、相手は意外なことを言った。

「そいつはいい。悪運のマスコットとはうれしいじゃないか。たのむ。おれに売ってくれないか」

「欲しいのなら、こんな物はただでもやるよ。しかし、なんに使うんだ。ひどい目にあうぜ」

「いや、おれにはちょうどいい、その使い道がある。いやな相手に渡すのさ」

かくして、またしても私の持ち主は変った。せっかちな世の中では、たちまちのうちに次の持ち主に渡されてしまう。あの情けない画家は、またいままでの生活にもどることになるだろう。いいかげんな画商と、たちの悪い女との生活へ。

こんどの持ち主が私をどう使うのかと、私は少し好奇心を抱いた。彼は私の宿った貨幣を家に持ち帰り、誕生日の贈り物として自分の妻へ手渡した。

「きみの気に入るといいがな。金貨のキー・ホールダーとは、ちょっとしゃれているだろう。それに、幸運のマスコットだそうだ。いつも身につけていておくれ」

なんともひどい男だった。こんなやさしい言葉を口にしながら、腹のなかでは殺害の計画をねっているのだから。彼が自分で持っていて、殺害の計画を進めた場合には、私は心ならずも、その手伝いをしなければならなくなるところだった。

私は彼の手からはなれ、夫人のほうに移ってほっとした。この気の毒な女性を危険からまもるのが、私のつとめとなった。

彼の計画は進行し、その当日となった。

夜になるのを待ち、彼はビルのバルコニーに妻をさそい、そこからつき落そうと試みた。だが、もちろん、うまくいくはずがない。彼女には私がついているのだ。

私は彼が寄りかかっている手すりをこわして、彼のほうを墜落させてやった。凶行は未然に防げ、彼はそのむくいを受けた。このような仕事はいつやってもやりがいがあるし、気持ちもいい。

しかし、この彼女も私の持ち主としては、あまり気持ちのいい人物ではなかった。そばまで迫ってきた死の手をのがれ、凶悪な亭主が死に、そればかりか、多額の生命保険金の小切手を手にしながら、あまり喜ぼうとしなかった。

喜ばないどころか、驚いたことに亭主の死を悲しんだのだ。

「こんなお金なんか、あたしは少しも欲しくない。あの人に死なれては、あたしにとって世の中は暗やみと同じだわ」

と、涙を流してつぶやきつづけたあげく、ついには、こんなことを言い出した。

「あの人もひとがいいから、だまされてこんな物をつかまされたのだわ。なにが幸運のマスコットよ」

そして、私の宿っている貨幣を、目をつりあげてにらみつけ、庭の池のなかに投げこんでしまったのだ。

私は当分のあいだ、この池の底で休むことになった。

だが、ちょうどいいだろう。こっちだって、あまりのばかばかしさに休みたくなっていたところだ。それに、不幸のマスコットなどとレッテルをはられては、どうも面白くない。

池の底からふたたび私がとり出され、新しい持ち主にお目にかかれるのは、いつの日だろうか。願わくば、もう少し落ち着いた、働きがいのある世の中になっていてもらいたいものだ。

税金ぎらい

夕方ちかく、小さなカバンをさげたM氏は、街角にぼんやりと立っていた。うしろのビルは彼の勤め先の会社。M氏は一日の仕事を終え、家に帰るべく、タクシーをつかまえようとしているところだった。

だが、この時間では、空車はなかなかつかまらなかった。その時、

「ちょっとうかがいますが、あなたはMさんでは……」

と、声をかけてきた青年があった。ひとくせありげな顔つきだったが、M氏の記憶にはない男だった。しかし、自分がM氏であることはまちがいない。

「ええ。わたしはMですが、あなたはどなたですか。それで、なんのご用です」

「お手間はとらせません。どうせ、タクシーをつかまえるのも、もう少ししてからのほうが楽でしょう。いかがでしょう。ちょっと、そのへんでお茶でも」

空車はすぐには来そうになく、M氏はそばの喫茶店に入ることに賛成した。

「じつは、わたしはこういう者ですが……」

と言いながら、青年のさし出した名刺には、納税調査協会と書かれてあった。

「なるほど。わたしにはあまり関係のないことのようです。しかし、妙な団体があるものですな。聞いたことがありません」

と、首をかしげるM氏に、青年は言った。

「それもむりはありません。わたしが作った会で、まだ出来たてですから。さて、この会の目的はですね。国民の崇高なる義務であるところの納税に、不公平なことがあるかどうかを調査する、非営利的なものなのです」

青年は納税という語を強めながら、M氏の顔をのぞきこんだ。だが、そこには、あわてた様子など少しもなかった。M氏は落ち着いた声で答えた。

「けっこうな趣旨です。それで、わたしにどんなご用ですか。寄付でしたらお断わりです。わたしにはそんな余裕はありませんし、税金とは縁のない生活をしています」

青年は手ごわい相手にむかうネコのように、背中をまるめながら、身をのり出した。

「しかし、いずれあなたのほうから、寄付をしたくなると思いますよ。ほかのどなたの場合もそうでした」

M氏は大きくうなずいた。

「ははあ。失礼ですが、お察しすると、なにか脱税をかぎ出して、それをたねにゆすろうとなさるお仕事のようですな」

「さすがはMさんです。ものわかりが早い。そう言っていただけると、こっちも話しがしやすくなりました。ところで、いかがでしょう。寄付のほうは」

だが、青年の期待に反して、M氏はそっけなく首をふった。

「お断わりですね。わたしにはなんらやましいところがない。税金はきらいですが、税法を破ってまで、のがれてはいけませんから。わたしも善良なる国民です」

こう言われても、青年はひきさがろうとしなかった。

「と、おっしゃっても、当方にはだいぶ資料がそろっております。あなたが豪華な生活をなさっておいでのこと、それなのに、所得税をずっと、まったく納めてないことなどをさぐり出してあります」

「どうも、ご苦労なことですな。その点に関しては、おっしゃる通りです。しかし、わたしの月給ぐらいなら、税の対象にならないのです」

「いったい、いくらなのです」

「月に五百円」

「ほら、そこがおかしいじゃありませんか。Mさんのようにすぐれたアイデアマンなら、どこの会社の企画部でも、月に数十万円は払うでしょう」

「それはそうかもしれません。しかし、わたしはここでの月給五百円のほうが好きですね。これはわたしがいまの会社に、ぜひにとひっぱられた時に出した条件です。いいものですよ、税金もかからないし」

「どうも変な話だ。税金はかからないかもしれませんが、それでは暮せっこないでしょう」

「よけいな心配はしないで下さい。わたしはそれで生活しているのです。もっとも、十円も払えば、立派な食事を食べさせてくれる店も、わたしに限ってあるのですがね」

「そんなばかなことが。ごまかしてもだめです。たしかに、なにか不正のにおいがする。これは面白いことになりそうだ……」

「なにをぶつぶつおっしゃるのです。いくら調べてもむだですよ。わたしの給料はその通りなんですから。ちゃんと政府が発行した通貨で、その額しか受け取っていないのですからね」

M氏ははっきりした口調で答えた。その声にも、表情にも、やましそうな影は少しもなかった。青年のほうはキツネにつままれたような顔になった。

「どうもうそとは思えない感じですね。いったい、どういうわけなんです。教えて下さい」

「そうはいきませんね」

M氏はそっけない調子になり、青年のほうは言葉づかいを改めた。

「そうおっしゃらずに。もう、こちらには二度と押しかけたりはいたしませんから。誓いますよ」

「しかし、ただではねえ」

「では、どうでしょう。一万円さしあげますから。ぜひお教え願います」

ほんとうに青年は一万円札を差し出し、M氏はそれをポケットにおさめた。そして、

「べつに、いままでお話しした以外にありませんよ。月給は五百円。もっとも、十円玉でもらうのですがね。そうそう、きょうは月給日で、月給袋を持っています。ほかの人には見せませんが、あなたには、一万円いただいた手前、ちょっとのぞかせてあげましょう」

M氏はカバンのなかから布製の袋を出し、机の上に置き、その口をあけてのぞかせた。

「どうです」

「なるほど、十円玉ですね……」

青年は声をつまらせ、息をのんだ。たしかに十円玉だった。しかし、百年ほど前に作られたキラキラ光る、十円の金貨ばかりだった。

「これで五百円です」

M氏が言ったが、青年は目をぱちぱちさせ、見つめるばかりだった。だが、そのうち、やにわに袋をつかみ、店から飛び出し、通りの人ごみに消えていった。

「まて、どろぼう……」

M氏は叫び、まもなく一一〇番によってパトカーが到着した。警官はさっそく質問をはじめた。

「いくら奪われたのです」

「五百円」

「なんですって。それにしては、さわぎ方が大げさすぎますね。だが、まあいいでしょう。それで、犯人についてなにか気のついた点は……」

「そうだ。あいつは一万円をおいていった」

「いいかげんにして下さい。人さわがせは困りますよ」

警官はいやな顔をし、もどっていった。税金を納めないM氏に対しては、国家の保護もそれだけ少ない。

隊員たち

窓のそとの光景は、見渡す限りの凍りついた大地だけだった。なにもかも、大気はもちろん、惑星の中心部までも氷結しているのではないかと思えるほどだ。永遠の静寂のなかで暗く青白く、星々の光を受けて、はてしなくひろがっている。

われわれははるばるこの惑星にやってきて、宇宙船を着陸させ、ここで一週間をすごした。荒涼として単調で、いや、じつにひどいところだ。

ここは、とりたてて特徴もないある太陽系の、最外側の惑星。もっと内側のほうの惑星まで足をのばしてさがせば、生物のいる惑星、ひょっとしたら、文明の初期の段階にたどりついた住民のいる惑星などがあるかもしれない。しかし、われわれは一刻も早く帰りたいのだし、生物採集や文明調査などといった、愚にもつかないことに興味はないのだ。そんなくだらない仕事は学術探検隊のやることであり、われわれは劇映画のロケ隊なのだ。そして、私は助監督。雑用の大部分を押しつけられている。

ばかげた費用をつぎこんだ、低級な娯楽映画だ。例によって、ありきたりな筋の時

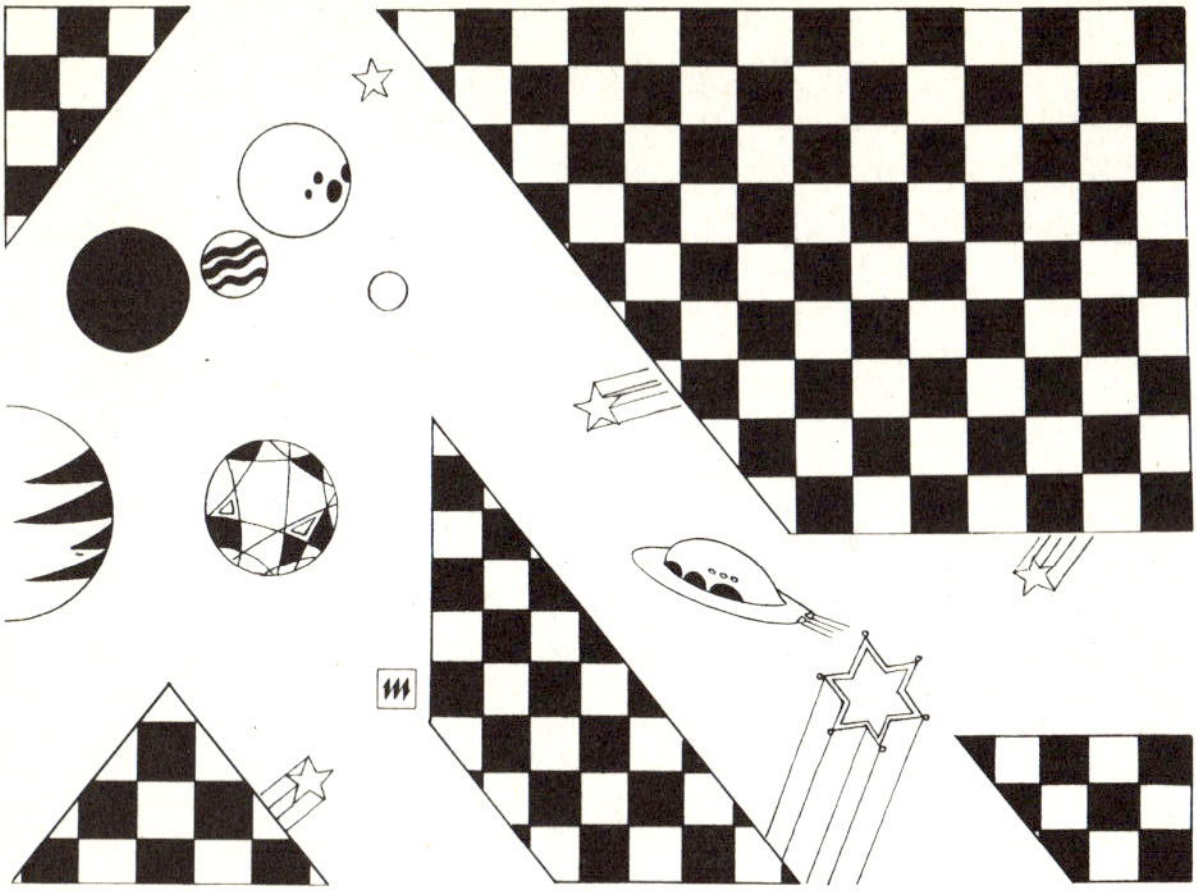

代劇。いくつもの太陽系をまたにかけて活躍する、若い男と女の物語だ。お高くとまった批評家は、これは芸術作品とは称せません、と言うだろう。歴史学者は、史実を無視している、とけなすかもしれない。だが、そんなことは知っちゃいない。気まぐれな観客の要求する最近の傾向がこうとなると、会社として作らないわけにいかないのだ。

ワイドの立体映画であり、しかも、このごろの観客ときたらぜいたくになって、セット撮影では満足しないとくる。したがって、こんなへんぴなところまで、わざわざやってきて、いくつかのシーンを撮影しなければならないのだ。

「おつかれさまでした。本日でやっと、こ

この撮影は終り。いよいよ、あすは出発です」

と、私は主演の男優に声をかけた。しかし、彼はいらいらした表情で、手に持った知恵の輪に熱中している。なかなかうまくいかないのだろう。ぱっとしないこと、おびただしい。役柄の上では頭脳と勇気にめぐまれた、恋と正義の剣士なのだが、現実はごらんの通りだ。彼はやっと顔をあげ、私に言った。

「出発の時、旅行中の退屈しのぎにと、友人からもらった知恵の輪だ。三つのうち二つはとけたが、あとの一つがどうにも離れない。このまま持って帰って降参しなければならないのかと思うと、どうにもしゃくだ。手伝って考えてくれないか」

助監督となると、つまらないことの相手までやらされる。しかし、私はすなおに、その知恵の輪についての知恵を貸してやった。

「あなたも一杯くわされましたね。以前に、わたしもひっかかったことがあるのですよ。その知恵の輪のセットには、簡単に離れそうで絶対に離れないのが、一つまぜてあるのです」

「うむ。そうだったのか。なんという人の悪いやつだ。よし、帰ったら、ただではおかないぞ」

帰ってからにすればいいのに、たちまち彼はかっとなり、三つの知恵の輪をつかんで床に投げ捨てた。私はそれを拾いあげ、ポケットに入れた。こんなものを床にほっておくと、出発して加速した時に事故のもとになる。

つぎに私は、監督の部屋を訪れた。そして、

「あれはどうしましょう。持って帰りますか」

と窓のそとを指さし、指示をあおいだ。そこには、氷原に頭からまっさかさまに突っ込んだロケットが眺められる。薄明のなかにさびしく立つ銀色の斜塔といった形で、悲劇的というか鬼気せまるというか、もしあんなのに乗っていたらと思うとぞっとする光景だが、いうまでもなく作り物。しかし、うるさい観客の目を考慮し、外見だけは実に立派で、本物そっくりといえる。

監督は首を振って答えた。

「いや、捨てていこう。ご用ずみだ。残りのシーンで、あれは使わない」

「いささか、惜しい気もしますね」

「この映画は、確実に大当りすることになっている。予算もふんだんにとってある。それを考えれば、けちけちすることはない。もし欲しいのだったら、おまえにやる」

「いりませんよ。あんながらくた。子供だって持てあまします。まだしも、主演女優のサインのほうが……」

こんな雑談をしている時、かん高い悲鳴が聞こえてきた。その主演女優の部屋らしい。しかし、べつにあわてることはないのだ。彼女はなにかというと、つまらないことに大げさな声をあげる。灼熱《しゃくねつ》の星に流されても、暗黒の小惑星に幽閉されても、涙ひとつこぼさず、気丈にたえぬく宇宙のヒロイン役のはずなのだが。

しかし、いってなだめてやるまでは、あのわめき声がつづくのだ。私は礼儀正しくノックをし、なかに入って彼女に聞いた。

「どうなさいました。あすはいよいよ出発です。ホームシックにひたるのでしたら、もうおやめ下さい。それとも、気分でも悪いのですか」

「ええ、そうなの。でも、あたしじゃないのよ。あたしの大事なキッピちゃんが変なの」

それはつまり、彼女のペットのことだ。そばのカゴのなかでのびている。生物科学研究所で苦心して作りあげた、サルとクマとの合いの子で、とても高価なものなのだそうだ。一流スター級の莫大《ばくだい》な収入でないと、とても買えたものではない。しかし、頭のほうはクマ並みで、力はサル並みという、およそ役に立たない動物なのだ。

といって、私はだまったままでいるわけにもいかない。

「それはそれは。いつかうかがったお話では、不安定な雑種のため、生殖能力がないばかりか、とてもひよわな動物とのことでしたね。なにが原因なのでしょう」

　彼女はすすり泣きながら話しはじめた。

「さっきね、キッピちゃんに香水をかがせたのよ。とても喜んだので、好きなだけなめさせてやったの。とうとう、ひとビン飲んじゃったわ」

　女優というものは、しょっちゅう常軌を逸したことをやる。もっとも、香水を飲んでしまうペットもペットだ。どっちもいい勝負というほかはない。しかし、そんなことは口に出せない。私は言った。

「それで、どうしましたか」

「そしたらね、なんだか弱ってきたのよ。あたし、あわてて救急箱のなかにあった薬を飲ませてやったの。だけど、ちっともきかないのよ。早く元気にさせようと、たくさん飲ませてあげたのに……」

　どんな薬を使ったのだろう。私はその薬のビンを手にとってみた。これまた、なんということだ。あわてていたためなのか、学がないためなのか、救急薬どころか、性欲の刺激剤だ。用量注意と特に記してあるほどの強力なやつだ。かよわいペットがくたばってしまったのも、当り前のことだ。

　しかし、私はこんな場合の処理になれている。なんとかかんとか、巧妙ななぐさめの言葉を連発し、最後にこう言った。

「本当にかわいそうなことでした。なんと申しあげていいのか、わからないほどです。この星に厚く葬《ほうむ》ってやろうではありませんか。ここは、ほかに生物ひとつない氷の星です。また、腐敗することもなく、嵐《あらし》や雨もありません。キッピちゃんは、曇ることのない満天の星のささやきをあびながら、いつまでもこの星の王子さまでいられるわけでしょう」

いやに文句がすらすら出ると思ったら、このあいだ手伝った三流映画のなかにあったせりふだった。しかし、私はそれを涙声でしゃべったのだ。このセンチメンタルな調子がお気に召したのか、少女趣味の彼女は、やっとうなずいてくれた。

「そうね。そうすれば、かわいそうなキッピちゃんの魂も、静かな時間のなかで安らかな眠りをすごせるわけね。あなたの案はすばらしいわ」

彼女は悲しみを忘れ、この思いつきに熱中しはじめた。さっきまで流していた涙は、いったい本心だったのだろうか。

「そう言われると光栄です」

「あ、そうだわ。キッピちゃんに一番いい服を着せてやりましょう。それから、あたしのペンダントもかけてやるわ」

彼女は棚からびらびらのついた、けばけばしい服を出した。そのペット用の服は最上等の布でできていて、抽象的な模様が、細い純金の糸でししゅうされている。さらに彼女は、自分の首から大きな宝石のついたペンダントをはずし、キッピちゃんの首に移した。むだなことといったら、ありゃしない。そして最後に、彼女は私にこう言った。

「じゃあ、よろしくお願いするわね」

ついに私は、化粧をした最盛装のペットの死体を押しつけられた。映画の助監督という職は、まったくなにをやらされるか想像もつかない。

私は宇宙服に身をかため、エアロックから船外へ出た。やりたくはないが、仕方ない。埋葬してやろうとしたが、こう固く凍った大地では、手のつけようがない。といって、ほっぽり出して帰るのでは気がとがめる。

氷結した地上を滑りどめのついた靴で歩き、作りもののロケットを目ざした。あのなかに安置してやるとしよう。

私はなかに入った。内部にはなんにもない。撮影の時に監督が休憩に使った椅子《いす》が一つだけあった。私はそれを最前部へ運び、それにキッピちゃんの死体をすわらせた。すわらせたといっても、すでにこちこちに凍っていて、椅子の上にころがしたというべきだろう。

それで引きあげようとしたのだが、考えてみると、ペンダントの宝石はあまりにももったいない。私はそれをもぎとった。かわりになにかをつけてやるか。私はポケットに知恵の輪があることを思い出した。ポケットの上の部分の宇宙服は二重皮膜になっているため、それを取り出すことができる。私は三つの知恵の輪を、適当に配置した。まあ、これでいいだろう。

「あばよ。キッピちゃん」

私は軽くつぶやき、頭をさげ、宇宙船へともどりはじめた。ひどい星でひどい仕事を押しつけられた自分が、つくづく情なくなった。しかし、まるで救いがないわけでもない。ちょっと浮かんだこんな空想が、わずかに心をなぐさめてくれた。

いずれはこの太陽系の内側の惑星で、文明が進歩をはじめるかもしれない。何十万年かたてば、そいつらだって、このあたりまでやってくるだろう。そしてこれにお目にかかるのだ。

操縦装置も燃料も、食料さえもつんでいない墜落したロケット。乗員といえば、妙な着物をまとった、サルとクマの合いの子だ。彼らは解剖して研究をはじめるかもしれない。胃の中にあるものは、香水と強力な性欲刺激剤。生殖能力のまるでない動物の胃の中にだ。首にかけられているものは、とける知恵の輪が二つと、決して離れないのが一つ……。

おそらく、宇宙のなぞへ挑戦する意欲と、未知へのあこがれを胸に、緊張でかたくなり、大まじめな顔で乗りこんでくる、純真な連中たちだろう。きっと、とんでもない報告書を作りあげるにちがいない。

指紋

「あなたの腕前は実にすばらしい。うらやましくてならない」

おなじ泥棒なかまの一人がエル氏にこう言い、エル氏は首をふりながら答えた。

「いや、それほどでもありませんよ」

「そんなはずはない。あなたの指先にかかったら、どんな鍵《かぎ》も開いてしまう。ドアだろうが、戸棚だろうが、金庫だろうが、マッチ箱と同じくらいに、簡単にあけてしまう。あなたにとって物を盗むことは、野原の花をつみとるようなものでしょうね」

エル氏は鍵をあけ、錠を外すことについて、熟練した技術を持っていた。泥棒なかまで、それを羨望《せんぼう》しない者はなかった。だが、エル氏は首をさらに大きくふった。

「ええ。鍵をあけるだけなら、わたしにとって、そうむずかしいことではありません。しかし、他人には想像もつかない苦労もあって、みなさんが考えるほど気楽なものではありませんよ」

「いったい、それはどんなことです」

「指紋ですよ。現場にひとつでも指紋を残しておいたら、それがもととなって、つかまってしまいます。絶対に残しては立ち去れません。人のやってくるけはいを感じながら、指紋をハンケチでふきとっている時ぐらい、いらいらすることはありません。命のちぢむ思いです」

「なるほど。だが、手袋をはめてやれば、その心配はないでしょう」

「しかし、鍵をあける時には、指先の微妙な感覚を必要とします。そのため、手袋をはめたまま仕事をするわけにはいかないのですよ」

すると、相手は思いついたように言った。

「そうだ。では、この手袋を使ってみたらどうです。なんの皮か知りませんが、外国製の高級品で、とても薄く、しなやかです」

エル氏はその手袋をかり、手にはめてみた。そして、あたりの物をいじってから言った。

「うむ。これはいい。手袋をはめている感じが少しもしない。しかも、これなら指紋も残らない。売ってくれないか」

「おゆずりしないこともありませんが、少し高いですよ」

「いいとも。いくら高くても、これで仕事の能率があがれば、それくらいすぐに取りかえせる」

と、エル氏はその手袋を買いとった。

その夜おそく、エル氏はかねて目をつけておいた事務室にしのびこんだ。手袋をはめたままだったが、いつものようにドアの鍵をあけることができた。また、懐中電灯の光のなかで、ロッカーをあけることもできた。

「しめしめ、すごい札束だ。金を銀行に預けない人ほど、こっちにとっていいお客はない。では、いただくとしよう」

いつもとちがい、指紋をふきとらなくてもいいので、エル氏の仕事は安心のうちに、順調にはかどった。用意してきた大型の封筒に札束を入れ、封をした。これには自宅のあて名が書いてある。エル氏は道路に出るとすぐ、それを道ばたのポストに入れた。

だから、とつぜん、パトロール巡査に不審尋問を受けた時も、少しもあわてずに答えることができた。

「どうぞ、お調べ下さい。なにも怪しい物は持っていません」

だが、巡査はエル氏の手に目をとめた。

「なんですか、その手袋についている赤いものは。どうも、血のようですが」

「とんでもない。わたしは人を傷つけた覚えなどありませんよ」

「でも、念のためです。警察までいっしょにおいでいただきましょう」

エル氏は警察に連行された。もちろん、まもなく傷害についての容疑は晴れた。だが、釈放にはならなかった。札束が盗まれたという届出が、すぐにあったのだから。ぬりたての赤いロッカーの持ち主から。

権利金

スタンドの灯りを暗くし、ベッドに入ったエフ氏は、転居第一夜の眠りにつこうとした。

転居とはいっても、よくあるアパートの一部屋にすぎない。だが、近ごろの住宅難では、交通の便のいい場所のとなると、よほどの金を払わないと借りられない。エフ氏はほうぼうさがしまわったあげく、運よくこの部屋を見つけ出し、移ってくることができたのだ。

まったく、運がいいとしかいいようがないほどだった。交通の便のいい割に静かで権利金もなく、それに部屋代も意外に安い。

「どうも、信じられないような話だな」

エフ氏はベッドのなかで伸びをしながらこうつぶやいた。すると、その時、頭のうえあたりで、ききなれない声がした。

「信じられないでしょうな」

エフ氏は驚いて電気スタンドに手をのばした。このたちの悪いいたずらの原因をつきとめようと思ったのだ。だが、光に照らされてそこにあったものを見て、目をぱちぱちさせた。

「な、なるほど。幽霊が出るのだったのか。どうりで部屋代が安すぎると思った。だが、まさか幽霊が出るとは……」

「……信じられないでしょうな」

と、その幽霊があとを引きとって言った。白っぽく、ふわふわした感じで、足のほうがかすんでいる点から、幽霊にちがいなかった。中年の男で、洋服ダンスの上に腰をかけていた。

「さて……」

と、見あげながら、エフ氏はなにか言お

うとしたが、どう話しかけたらいいのか、見当もつかなかった。すると、幽霊のほうから話しかけてきた。

「こわがることはありません。べつに危害を加えたりはいたしません。この世に思いが残って、成仏《じょうぶつ》できないだけのことです。どうぞ、わたしにかまわず、おやすみになって下さい」

「そういっても、上から見つめられていては、気になって眠れやしない」

「だけど、わたしはなにもするわけではないのですよ。それとも、あなたもいままでの人たちのように、引っ越してしまいますか」

エフ氏はちょっと考えた。そして、考えてみると、これぐらいのことで部屋をあけ渡すこともないように思え、聞きかえしてみた。

「そうだな。べつに越すこともなさそうだ。ところで、危害を加えないのに、なぜ、いままでの住人は越していったのだ」

「あなたは独身だから、おわかりにならないのです。夜中にわたしがあらわれたら、夫婦者は面くらいます。また、小さな子供があると、わたしを面白がっていつまでも寝ようとせず、夜ふかしの癖がついて、よくないのですよ」

「そういうこともあるだろうな。もちろんわたしだって、寝室のなかでうろうろされないほうが、いいにきまっている。しかし、こんないい部屋はめったにない。まあ、がまんする以外にないだろうな。静かにしていてくれ」

エフ氏はふたたび眠ろうとしたが、やはりどうも気になり、時どき目を開いた。幽霊はぼんやりと洋服ダンスの上に腰かけている。エフ氏は眠れぬままに話しかけた。

「おい、幽霊なんかになって、面白いか」

「さあ、これだけはどうにも説明できませんね。なってみないことには」

「といっても、簡単になれるものでもないだろうからな」

と、なにげなく聞きかえすと、幽霊は思いがけない答えをした。

「いえ、なれないことはありません。もっとも、長い時間は無理ですが、しばらくのあいだならなれますよ」

「それは、どういうことなんだね」

「こういうわけです。わたしがあなたのからだにもぐりこむ。すると、あなたのほうが押し出されて、幽霊となるのです。わたしも自分のからだではないので、長く入っているわけにはいきませんがね。ひとつ、やってみますか」

「そうだな。ちょっと面白そうだ。だが、ただ幽霊になってみるのもつまらない。なにか、うまく利用しなければ。そうだ。いいことを思いついた。わたしの上役は、いつも威張りちらしていて、どうも気にくわないやつだ。そいつを驚かしてやろう。では、あすの晩にかわってくれ」

「いいですとも」

エフ氏はこの案に満足し、ゆっくり眠ることができた。朝になり、明るくなると幽霊はどこかに消えていた。

しかし、暗くなると、幽霊はまた、タンスの上にあらわれてきた。エフ氏はさっそく昨夜の計画にとりかかった。

「さあ、きのうの話のようにたのむ」

「では、とりかかりますよ」

幽霊はエフ氏の足のほうから、もぐりこみはじめた。それにつれ、エフ氏は自分が押し出されるように感じ、気がついてみると、自分が幽霊になっていた。

「なるほど、トコロテンを押し出す時のようなものだな。それに、なってみると、まったく妙な感じだ。説明しにくいのも無理はない」

エフ氏のからだに入りこんだ幽霊は答えた。

「早く戻ってきて下さいよ。こっちは、からだに合わない服を着ているようで、きゅうくつでたまりません」

「心配するな。やつを驚かしてくるだけだ。すぐに戻る。ところで、ただで留守番をさせるのも気の毒だ。酒でも飲むかい」

「ええ、まあ、きらいではありません」

「それなら、わたしの行きつけのバーがある。机の上にあるマッチの店だ。そこなら、つけで飲める。行ってきたらどうだい」

「それはありがたいことです。では、遠慮なく飲んできます」

エフ氏のからだに入った幽霊は、うれしそうな声で答え、部屋から出ていった。また、幽霊になったエフ氏は、窓から夜の街に飛び出していった。

そして、目ざす相手をさんざんに驚かすことができた。相手が悲鳴をあげながら逃げまわるようすは、いつも威張りくさっているだけに、胸のすく思いだった。

エフ氏は充分に満足し、やがてアパートの部屋にもどった。幽霊はまだ帰っていなかったが、夜おそくなって、千鳥足でもどってきた。

「いや、幽霊になって実に面白かった。やつめ、こわがって、気を失う寸前までいったぜ。そっちはどうだった」

「わたしのほうも、久しぶりで思いきり酒を飲みました。おかげで、思い残すこともなくなりました」

おたがいに満足した声をかけ合い、エフ氏はふたたび自分のからだにもどり、幽霊は押し出されて、もとの幽霊にもどった。

自分のからだにもどったエフ氏は、はげしい頭痛を感じた。

「う、頭が痛いぞ。ずいぶん飲んだな」

「すみません。つい、いい気になったのです。しかし、これでわたしも思い残すことがなくなりました。あしたからは、もう現れませんよ」

「そうか。酒に思いが残っていたわけだったのだな。まあいい、現れないでくれれば、こっちもそのほうが助かる。これからは気にしないで眠れることになる。じゃあ元気でな。といっても、成仏する人に対しては、適当なあいさつじゃないかな」

つぎの夜から、もう幽霊は現れなかった。エフ氏はもうけものをしたと喜んだ。安い部屋代で、いい部屋が借りられた結果になったからである。

だが、世の中はそううまくゆくものでないことを、まもなく知らされた。数日後に立ちよったバーで、差し出された請求額だ。幽霊に会った時には驚かなかったエフ氏も、その数字には目を丸くした。思い残すこともないほど飲むとなると、こんなにも飲むものか。この支払いのために、エフ氏はそのご何カ月もかかった。

保護色

オフィスの片すみの机で、エス氏は事務をとっている。地味な服、地味なネクタイ。外見ばかりでなく、地位もぱっとしなかった。単なる平社員で、役付きでなかった。

「社長がおよびです」

と、女事務員がやってきて告げた。それを聞いたエス氏は、首をかしげながら、心配そうな表情で立ちあがった。

なんの用事なのだろう。自分のような下っぱ社員を、社長が名ざしで直接に呼ぶとは。こんな場合、たいてい、ろくなことではないはずだ。もちろん、いままでに会社に損害をかけるといった、悪事をした覚えはない。というものの、ほめられるようなこともまた、してはいなかった。しかし、やはり、なにかで怒られるのだろう。あるいは、もっと悪いことかも……。

不吉な予感を、頭を振って追い払い、こわごわ社長室に入った。社長はきげんのいい声で、エス氏を迎えた。

「まあ、そう固くならず、その椅子《いす》にかけてくれたまえ」

「はい、しかし、どんなご用でしょうか」

「じつはだ、きみに辞令を渡そうと思って呼んだのだ」

「はい、覚悟しておりました。退職の辞令でございましょう。わたしの働きぶりが、めざましいものでないことは、自分でもよく承知しております」

「いやいや、誤解しては困る。退職ではなく、昇進だ。わしの秘書になってもらいたい。そして、経営の仕事を見習って、いずれは重役になってもらいたいのだ。どうだね」

と、社長は言った。いやな話ではないだろう、といった口調だった。しかし、エス氏はさらに緊張し、手を振って答えた。

「とんでもございません。わたしのような者に、そのような地位は、とてもつとまるものではございません」

「いや、そんなことはない。きみが最適任だと目をつけたのだ」

「なぜでございます。この会社には、何百人という社員がおります。そのなかで、わたしなどは最も目につかない、特徴のない存在だと思っておりますが」

「そこなのだ。たしかに社員は多い。だが、だれもかれも、ひとを押しのけて出世したがる者ばかりだ。その点、きみはちがう。自分の手柄となるべき仕事でも、ひとに功績をゆずっているといううわさだ。調べてみると、たしかにそうだった」

「はあ、申しわけありません。そのようなことが、あったかもしれません」

「経営者にとっては、おれがおれがと自己宣伝する社員よりも、きみのように、社の仕事と地味にとりくむ社員のほうが貴重なのだ。また、きみの生活の調査もしてみた。酒場がよいもせず、規則正しい日常だ。それに、社の内外で、むだ口を決してきかない。きみなら、どんな重要な機密事項をも、安心してまかせることができる。まったく、いまどき珍しく、たのもしい人物だ」

　社長のほれこみようは、とどまるところを知らなかった。

「しかし、秘書だの重役だのという言葉は、聞いただけでも気が遠くなります。わたしはいまの地位で、じゅうぶん満足しております。せっかくのお話ですが、ご辞退いたします」

　エス氏は手のひらを相手にむけ、どもりながら頭をさげた。しかし、社長はうけつけなかった。

「じつに感心だ。欲がない。このせちがらい世の中で、えがたい性格だ。そういう人物こそ、片腕となって働いてもらいたいのだ。遠慮することはないんだぞ」

「おほめいただいて、ありがたいとは思いますが、お断わり申しあげたいと……」

「いかん。これは命令だ。異動はすぐに発表する。昇給はいうまでもない。あしたから、きみは秘書室に移るんだ。そうだ。帰りがけに、お祝いの意味で一席もうけることにしよう。つごうはどうかね」

社長は、すばらしい人材を発掘できたことを喜び、上きげんだった。

「それでしたら、あすの晩にお願いいたします」

エス氏は力なく社長室を出た。やれやれ、困ったことになった。今晩すぐに夜逃げをし、またも、べつな職をさがさなければならない。

エス氏は数年まえ不運にも、偶然のことから、ある殺人事件を目撃してしまった。密輸組織にからんだ殺人だった。そして、彼が目撃したことを、連中のほうでも目撃し、顔を覚えられてしまったのだ。まさしく、不運なことと言わねばならない。

その場はうまく逃げたものの、ずっと追われつづけている。警察に申し出ようかと考えたこともあったが、こっちの所在を明らかにすることにもなる。また、保護してもらうといっても、たえまなく、ずっとということは期待できないだろう。

それ以来、なんとか目立たない生活を送ろうと、ひたすら努めてきた。しかし、地味な存在になろうと努力すればするほど、いつも昇進となる。地位があがって交際が広くなるのは、絶対に避けなければならないのだ。一味のやつらに見つかりでもしたら、たちまち、どこからともなく弾丸が飛んでこないとも限らない。

昇進とは、とんでもない話だ。そのため、すでに三度ほど会社をかえてきた。事情は打ちあけられない。うわさが広がっては困るのだ。そして、また今度も。どうも生活しにくい世の中だ。

昇進しない方法はないものだろうか。そうだ。とつぜん、エス氏は悟った。なぜ気がつかなかったのだろう。心がけが悪かったのだ。こんど会社をかえたら、みなと同じにやればいいのだ。他人を押しのけ、功績を横取りし、足をひっぱり、昇進を要求し、しゃにむに出世しようとしさえすれば……。

夜の声

あたりには闇《やみ》があった。闇だけがあった。黒い色だけがまわりを取りかこんでいた。どの方角に歩きつづけたところで、光にめぐりあうことはできないと思われる、限りない深さを含んだ闇だった。

ひとかけらの光もなかったが、かすかな音はあった。この闇の遠い果てあたりから呼びかけてくるような、一つの声だった。それには、うらむような、たけり狂うような感情がこめられているような気がした。

男の声だったが、いくら努力しても、私の記憶のなかから、その声の主にあたる人をさがし出すことはできなかった。耳を傾けてみると、声は少し近よってきたように思えた。そのすすり泣きのようなつぶやきの意味はわからなかったが、なにかを訴えるような、救いを求めるような響きをおびていた。

このいやな声は、いったいだれなのだろう。考えつづけても、思いあたる者は浮かばなかった。悲しげな声はさらに近づいてきて、大きくなった。

そして、その声の主が私の目の前、しかもすぐ前に立ち止まるけはいを感じた。

「だれなんだ。そこにいるのは」

心のなかの不安とじれったさは、こう声をかけずにいられなくした。だが、相手はさっきと同じように、悲しげな声をあげつづけている。私は闇のなかにむかって手を伸ばし、相手の立っていると思われるあたりをさぐってみた。だが、手にはなに一つ触れなかった。

「だれなんだ」

と、もう一回叫ぶと、どこからか女の声が耳に入った。

「あら、お気がつきになりましたのね」

私は目をあけることができた。すべての闇は消え去り、光が押しよせてきた。そして、その光のなかに、白い服の女が立っていた。私は目をこすり、その姿を見なおして、彼女が看護婦であることを知った。

「あ、ここは病院ですね。なんでこんな所にいるのです」

「あなたは頭を強くなぐられ、気を失っておいでだったのです。それで、いまやっと、意識が戻ってきたのですよ」

横たわったまま、反射的に頭に手をやってみたが、そこにはべつに痛みは残っていなかった。たいしたことはなかったようだ。

「そうでしたか。お手数をおかけしました」

こう言って起きあがろうとしたが、看護婦は私を制した。

「まだ動いてはいけません。そのまま、しばらくお休みになっていて下さい。先生に報告してまいりますから。動いたりなさるのは、先生の指示にしたがって下さい」

看護婦はそばを離れていった。廊下を遠ざかる足音を聞きながらあたりにただよっている、病院特有の消毒薬のにおいをかいだ。

病室はわりに広かったが、ほかに患者はいなかった。ベッドのそばにある照明が、静かに白い壁を照らしていた。窓はあけてあったが、空気はさっきの夕方とあまり変りなく、むし暑さをおびていた。窓のそとでは、夏の虫の鳴声がしていた。

さっきのことはどうなっただろう。うまく片づいてくれるといいのだが。このことが、水に落ちたインキのように、すぐに私の頭のなかにひろがった。私はベッドの上に横たわったままで、単調な病院の壁を見つめながら、私のしたことをもう一回、思いかえしてみた。

私があんなことをしてしまったのは、この暑さのせいだったろうか。感情に走りやすい、私の性格のためだったろうか。それとも、酒の酔いのせいだったのだろうか。

夕方、会社から帰りがけの道で、私は呼びとめられたのだった。

「やあ。しばらくじゃないか」

ふりかえってみると、学生のころの友人の一人だった。だが、特に親しいという友人ではなく、どちらかというと、あまり肌があわず、そのごもそれほど付き合わなかった友人だった。

「なんだ、きみだったのか。どうも暑い日がつづくな」

私があいさつをかえすと、彼はこう誘ってきた。

「ぼくのアパートはすぐそこだ。どうだい、ちょっと寄って、酒でも一杯、飲んでいかないか。まっすぐ帰ったって、することもないじゃないか」

それは彼の言う通りだった。道路は昼間吸いこんだ熱を吐き出していて、暑さはあたりに立ちこめている。家に帰ったところで、本を読む気にもなれそうにない。また、テレビを眺めるにも、きょうはあまり面白い番組がない。だからといって、早く寝つけるものでもない。夜までなにかをして、時間をつぶさなければならないのだ。

彼があまり親しくもない私を誘ったのも、私がそれに応じたのも、このような夏の夕刻という時間のせいだった。

「そうだな。ちょっと寄ってゆくか」

私は彼について、そのアパートに立ち寄った。とりたてて特徴もない、洋風の一部屋だった。

「さあ、その椅子にかけててくれ」

と、彼は言い、グラスと氷とを用意し、棚からウイスキーのびんを下した。

二人はウイスキーをつぎあい、飲みほした。風が止まり、汗がにじみ出してきたが、酒の酔いはそれをいくらか忘れさせた。彼とは卒業いらい、ほとんどつきあっていなかったので、しばらくはそのごの消息を話しあった。

やがて話題がとぎれ、私は彼の部屋を見まわしながら聞いた。

「あれから、まだ独身なんだな」

「ああ。ごらんの通りさ。そっちは」

「ご同様だよ」

私がまだ一人でいるのは、学生時代にある女性に失恋したからだった。原因もわからず、私から去っていったのだ。私は彼にこのことを打ちあけようかと思ったが、彼のほうが先にしゃべりはじめた。

「おたがいに、独身でいるほうがのんきでいいな。独身だと、楽しいことが多い……」

そして、彼はいままでにつきあった女性について、つぎつぎと話しはじめた。それが昔にさかのぼるうちに、私は不意に不愉快になった。私がかつて思いを寄せていた女性が、その一人として話のなかにあらわれたのだ。

不愉快な話題だったが、私はそれをくわしく話すように、それとなくうながし、彼はしゃべった。そうだったのか。彼女がわけもわからずに私から去ったのは、彼のほうに好意を抱いたからだったのか。

だが、私はそのことで文句を言うわけにはいかず、ウイスキーのグラスを、重ねる以外になかった。酔いはその回る早さをました。

彼のほうは、いい気になってしゃべりつづけた。そして、彼女とは適当につきあったあげく、捨ててしまったことを、とくいげに話し笑った。

それがはたして事実だったのか、それとも誇張だったのかは、わからない。いまとなっては、もう確かめようがないのだ。

たまらなくなった私は、彼になにか文句を言い、彼は言いかえしてきた。それが言い争いになり、はげしさをました。興奮と酔いとで、頭のなかは溶鉱炉のように燃えた。なにをどう言い争ったのか、どうなぐりあったのかは覚えていない。

われにかえってみると、彼は床に横たわっていて、私の手には、金属製の重い花瓶があった。部屋の片すみに置かれてあったものだった。

私はあわててかがみこみ、彼をゆり動かしてみた。彼はぐったりとしていて、呼吸がなかった。とんでもないことをしてしまった。早く手当てをしなければ。だが、どう手当てしたものかわからず、彼の手をとった。その時、私の全身から血の気がひいた。脈がなくなっていたのだ。私は彼を殺してしまったのだ。

残っていた酔いも、いっぺんにさめた。

「どうしよう。どうしたものだろう」

こんなつぶやきが、くりかえし私の口からもれていた。だが、もはやどうしようもなかった。逃げるほかはない。一刻も早く、ここから離れるんだ。私はあわてて立ちあがった。

だが、立ちあがった時、彼のそばの床にころがっている、金属製の花瓶が目に入った。

そうだ。これをこのままにしておいては、逃げたところで、なんの意味もない。ついている指紋を調べられたら、ただちに私の犯行とわかってしまうにちがいない。

ポケットからハンケチを出し、花瓶をていねいに拭《ぬぐ》った。だが、拭っているうちに、頭の働きが少しずつ回復してきた。指紋のついているのは花瓶だけでなく、グラスにも、ウイスキーのびんにもついている。それに、部屋のあちこちにも。

また、たとえ全部の指紋を消すことができたとしても、ひとの記憶までを消すことはできない。彼といっしょに来たことを、近所の人たちに見られている。もちろん、すぐにはつかまらなくても、それをもとに手配され、調べられた時にはどうしようもない。言いのがれるためのアリバイも用意してないのだ。

逃げることはできない。だが、私はつかまりたくなかった。なにか道はないだろうか。意味もなく部屋じゅうを見まわし、いつのまにか彼の死体に目がいっているのに気づき、あわてて目をそらす。これを何度かくりかえしながら、私の心は焦《あせ》りにみちてきた。のどが渇いてきたが、水を飲む気にもなれなかった。

時計を見ると、夜中ちかくになっていた。あたりは静かで、私の鼓動だけが強く鳴っていた。早く、なんとかしなければならない。

花瓶を見ているうちに、自分の頭をそれに打ちつけてしまいたくなった。その時、ある思いつきが浮かんできた。そうだ。それも一つの方法ではないだろうか。私たちがここで酔いつぶれている時にだれかが入ってきて、二人の頭を花瓶でなぐったように装《よそお》ったら。そして、部屋を荒らして出ていったように装ったら。

部屋のなかをもう一回見まわすと、さっき二人で争ったためか、適当に乱れていた。これ以上は、あまり細工をしないほうがいいだろう。いい思いつきだった。というより、これ以外に思いつきがなかったのだ。そして、思いついたからには、すぐに実行しなければならなかった。彼の死亡時刻があまりずれていては、怪しまれるもとになる。

私はハンケチを使って、指紋が残らないようにして花瓶を持ち、それを上にほうりあげた。そして、ハンケチをすばやくポケットにつっこみながら、その落下してくる場所に、頭のうしろを持っていった。どれくらいのけがをするだろうか。死ぬことはないだろうか。不安は大きかったが、もはや、やめるわけにはいかなかった。この計画がうまくゆくよう祈った時、私は頭に衝撃を感じ、気を失った……。

そして、この病院のベッドの上で気がついたのだ。私は死にはしなかったし、けがもしていないようだ。しかも、しばらく気を失うという、申しぶんのない状態になれたのだ。

気を失っていたのは何時間ぐらいだろう。だが、腕には時計がなかった、手当の時に、医者が外して保管しているのだろう。

　壁を見つめるのにも飽き、することもなく、私はまた目をつぶった。ふたたび闇がもどってきた。そして、その奥からは、さっきの姿のない声が聞こえてきた。うらむような、たけり狂うような声が。

　あわてて私は目を開いた。闇とともに、その声も消えていた。なんなのだろう。さっきのは悪夢かもしれない。だが、眠りもしない今のも、それと同じだった。

　私が殺した彼の声なのかと思った。だがどう考えても、その声は彼のものではなかったし、彼の顔はその声につながらなかった。彼の声でないとすると、だれなのだろうか。だが、いくら考えてもわからなかった。

　足音が近づき、看護婦がもどってきた。

「先生はまもなくいらっしゃいます。だけど、意識が戻ってけっこうでしたね。一時はずっとこのままかと、心配でしたわ。ほんとに、ひどい目にお会いになりましたね」

　その口調から、疑いの目が私にむけられていないのを察して、それとなく聞いてみた。

「どうして、こんなことになったのでしょう。だれになぐられたのです。そして、あの部屋の友だちは……」

「アパートで酔っている時に、強盗におそわれたのですよ。それであのお友だちのかたは、お気の毒なことに、殺されてしまって……」

看護婦は口ごもりながら私に告げた。私は驚きの表情を作ろうとしたが、うまくいかなかった。そこで、目を閉じ、手で顔をおおうことでそれに代えようとした。だが、それも長くはできなかった。目を閉じると、また、例の声が聞こえてきたのだ。

私はそしらぬ調子で、その時のことをいろいろ聞いてみた。彼女はそれを予期したように、手に持っていた新聞をさし出した。

「これをごらんになるとよろしいですわ。その時の記事が出ていますから」

それを受取りながら、私が気を失っていたのは数時間ではなく、何日かにわたっていたらしいことを察した。腕時計がないのも、そのためだったのかと思った。遠くでは時計が鳴るのが聞こえ、数えたら十時だった。

「どこか痛む所かなにかございますか」

看護婦に聞かれ、あの声のことを思い出した。

「痛む所はありませんが、なにか声が聞こえるようなのです。目をつぶると、聞こえてくるのです」

「それはいけませんね。きっと、頭をなぐられた時の影響が残っているのでしょう。先生にお伝えしてきましょう」

彼女はまた部屋から出て行き、私は急いで新聞を手にした。見やすいように、その記事の部分が出してあった。

夏の夜の凶行。このような見出しが目に入った。それにつづいて犯人がすぐに逮捕されたことが報じてあった。犯人とはだれのことなのだろうか。私の心には不安がもどり、記事を急いで目で追った。

アパートの一室に夜中すぎまで電灯がついていて、ドアが少し開いたままなのを、不審に思ったアパートの住人がのぞいてみて、二人が倒れているのを見つけた。ただちに警察に知らせ、附近には非常線が張られた。そして、物かげにひそんでいた挙動のおかしい男を逮捕した。所持品のなかには、被害者の部屋から盗み出した品があり、凶行に使ったと思われる金属製の花瓶からは、一致する指紋が発見された。被害者の一人は死亡、一人は意識不明。

だいたい、このような記事で、容疑者の写真がそえられてあった。こそ泥として入りながら、強盗殺人の罪でつかまったその不運な男は、無表情な顔で写真にうつっていた。

だが、私にとってはこの上ない幸運だった。こうことがうまく運んだら、もはやなにも言うことがない。写真の男には気の毒だが、この記事にあわせて、酒に酔って眠ったところまで覚えていることにすれば、私がつかまるおそれはないように思えた。

その時、看護婦といっしょに医者が病室に入ってきた。

「やあ、やっと意識がもどりましたね」

「ええ、ひどい目にあってしまいました」

「看護婦の話ですと、なにか幻聴があるとか」

「ええ、目をつぶると、声が聞こえるような気がするのです」

「やはり、頭を打ったせいでしょう。しかし、夜では調べようがありません。あしたになってから、装置を使って、脳波を調べ、くわしい診察をいたしましょう。今夜は、この鎮静剤を飲んで、このまま眠って下さい」

「はい、そうしましょう」

看護婦は用意してきた薬と水とをさし出し、私はそれを飲んだ。

「これでまもなく眠くなります。もっとも、あなたはいままでに、ずいぶん眠っていたので、もうたくさんかもしれませんね」

と、医者は微笑した。医者も私に同情してくれているようだった。

私は容疑者について、もっと知りたいと思って、それとなく聞いてみた。

「新聞でみると、犯人はすぐにつかまったようですね」

「そうです。あんな無茶なやつは、つかまってくれないと困りますよ。われわれは安心して生活できません」

「それで、やつが犯人なのはたしかなのですか」

「いえ、はじめは否認していたようです。しかし、ああはっきりと証拠がそろっていたら、ごまかせるわけがありません。やつは、ほかにもいろいろと悪事をしていて、手配中だったそうでした」

「ほんとに、やつのしわざだったのですか」

私は自分がどの程度に安全な立場にあるのかを、たしかめるために念を押した。医者はあっさりと答えてくれた。

「あなたとすれば、さぞ憎いことでしょうね。友人を殺され、自分ももう少しで命を失うところだったのですから。しかし、やつのしわざであることは、はっきりしています。有罪の判決があったのですから」

「えっ、有罪の判決ですって。なんでそんなに早いんです。事件があってから、まだいくらもたっていないのに」

私は思わず声を大きくした。医者は看護婦をふりかえり、それから、そばの新聞をとりあげた。

「ああ、まだ看護婦が話してなかったようですね。この事件は三年まえです。あなたは、三年まえのちょうど今ごろ、なぐられて意識を失ったのです。それからきょうまで、ずっとそのままだったのです」

「三年も……」

私はつぶやきながら新聞を渡してもらい、あらためて新聞を見なおした。よく見ると、紙がたしかに古びていた。医者はベッドからはなれ、部屋の壁にかかっているカレンダーのところに歩いていって指でたたいてみせた。新聞の日付けとあまりちがいはなかったが、年数については、カレンダーと新聞とのあいだには、三年のちがいがあった。

三年間。知らないあいだに、三年もたっていたのだ。そのあいだに、どのようなことが世の中にあったのだろうか。

しかし、私にとっては、この犯行以上に気になることのあるはずがなかった。

「それで、どんな判決だったのですか」

「死刑でしたよ」

「死刑ですって。重すぎるんじゃないでしょうか」

「それが当然でしょう。やつはほかにも罪をおかしていますし、あなたの友人を殺しました。あなただって、危かったじゃありませんか。わたしはあなたについて、意識がもどる時日は予測できない、場合によっては、一生このままかも知れない、という診断書を裁判所に提出しました。人をそんなにすることは、殺人と同じだと思いますよ。しかし、意識がとり戻せたことは、幸運でした」

死んだのではなく、意識がとり戻せたのは、私にとって幸運だったろう。しかし、そのために死刑の判決をうけた男は、あまりにも気の毒だ。

「しかし、わたしは死んだのではなく、意識をとりもどせました。死刑とはひどすぎます。このことを報告して、罪を軽くしてやるようにできないものでしょうか」

「あなたの人道的な気持ちはわかります。しかし、それはできません」

「できないって、それはなぜです」

「処刑がすんだのです。きょうの夕刊にでていました」

私はしばらく声が出なかった。興奮が心のなかにみちてきた。しかし、さっきの鎮静剤のためか、それ以上の力で眠りが押しつけられてきた。医者はそれを察してか、時計を見て私に言った。

「そろそろ、薬が効いてきたようですね。友人の死んだこと、三年もたっていたことなど、いっぺんに知って、さぞ驚いたことでしょう。薬は少し強くしておきました。あしたまでは、それでぐっすり眠れるでしょう」

医者と看護婦は部屋から出ていった。

鎮静剤の効力が、私のまぶたを押し下げた。だが、それで闇《やみ》が作られると、さっきの声がまたも聞こえてきた。すすり泣くような、訴えるような声。

しかし、こんどは声だけではなかった。さっきは声だけで、なにもなかったあたりに、いまは顔があらわれていた。その顔を見て、だれであるかがすぐにわかった。新聞に出ていた真犯人にされた男の顔だった。写真と同じく、無表情な顔が闇のなかに浮き、救いを求めるような、意味のない言葉を呼びかけてくる。

私が無理に目をあけると、それは一時的に退いた。だが、あくまで一時的のことだった。薬の効き目はしだいにあらわれてくる。たとえ、薬を飲まなかったとしても、永久に目を閉じないでいることは、いずれにせよ不可能なことだろう。

しかし、あるいは眠りに入れば、この幻も消えるのではないだろうか。それに望みをかけて、しばらくは耐え、待ってみた。だが、そうはいかなかった。それどころか、反対に、ほかの意識が薄れてゆくにつれ、声と顔はますますはっきりしてきた。

やつはここに住みついたのだ。脳波を調べようが、どんな治療をしようが、やつをここから追い出すことは、おそらく永久に不可能だろう。やがて、私の頭はやつのために狂わされるかもしれない。しかし、ほかは狂っても、やつだけは、いつまでも動かないにちがいない。

闇のなかの無表情な顔は、さらにはっきりしてきた。そして、うらむような、すすり泣く声は、高くなり、低くなり、とぎれることなく……。

機会

アール氏は豪華な自宅の豪華な寝室で眠っていた。豪華な生活ができるのは、彼が金持ちだからであった。あらゆる機会を決してのがすことなく利用し、それで今日の財をなしたのである。

真夜中ごろ、アール氏はふと目をさました。妙な物音を耳にしたからだった。どうやら書斎の方角のようだ。彼はベッドから起きあがり、ドアのあいだから、その様子をそっとうかがった。

闇《やみ》のなかで丸い光が動いている。懐中電灯の光らしい。さらによく観察すると、戸棚をあけたり、机の引出しをのぞいたりしている。こんな時刻にこんな行為をする者は、泥棒以外にありえない。

アール氏は壁にかけてある猟銃を手にした。それをかまえ、ドアをあけ、電灯のスイッチを入れ、呼びかけた。これらの動作をほとんど一瞬のうちにおこなったのだ。

「さあ、動くな。動くとうつぞ」

明るくなった室内には、うすよごれた貧相な男がいた。とまどいながらも手をあげ、あわれな声で答えた。

「うたないで下さい。手むかいはしません」

「どこから入った」

「その窓をこじあけてです」

ガラスの一部が割られていた。そこから手を入れて鍵《かぎ》をはずしたらしい。

「なにものだ。なにしに来たのだ」

「こそ泥です。みのがして下さい。まだ、なにも盗んでおりません。お調べになって下さい」

「いや、許すことはできぬ。ひとが熱心にかせいだ金を、労せずして持っていこうという精神がよくない。だから、わしは税務署と泥棒は大きらいなのだ。警察におまえを引き渡してやる」

アール氏は油断なく銃をかまえながら、そばの電話機に片手を伸ばした。それを見て、泥棒はさらに情けない表情になり、床にひざまずいて嘆願した。

「そ、それだけはお許し下さい」

「だめだ。おまえのようなやつは、一回、刑務所に入ってくるべきだ」

「じ、じつはいままでに何回も入っているのです。ですから今度つかまったら罪が重くなり、もう当分は出てこられなくなります。心を入れかえ、これからは決して悪事はいたしません。ひとさまのお役に立つような人間になります。どうぞお許し下さい」

「なるほど、ひとの役に立ちたいとは、いい心がけだ」

「もし、見のがしていただけるのでしたら、どんなことでもいたします」

泥棒は頭を床にすりつけた。アール氏はちょっと考えていたが、それから念を押すようにいった。

「どんなことでもするか」

「もちろんです。なんでもおっしゃって下さい」

「それなら、そこにある金庫をあけてみろ」

アール氏は部屋の片すみにある大きな金庫を指さした。どっしりとして丈夫そうだ。

泥棒はそれに目をやったが、悲しげに頭をふった。

「とてもできません。金庫破りはやったことがありませんし、第一、番号のあわせかたも知りません。修理でしたら、専門家におたのみになって下さい。わたしには無理です」

「無理ではない。番号やあけ方は教えてやる」

「しかし、なんでそんなことを……。わけがわかりません」

「文句はいわずに、いわれた通りにしろ。もっとも、いやならしなくてもいい。だがその場合は、銃でおまえの足をうち、警察を呼ぶことにするが、どうだ」

「わかりました。やりますよ。しかし、どうも妙な気分だ……」

ぶつぶついいながらも、泥棒はアール氏の指示の通りに番号を回した。手で引くと金庫の扉は静かに開いた。なかには紙の包みがいくつも入っている。アール氏はつぎの命令を口にした。

「その包みの一つをあけてみろ」

「はい、あ、これは札束ではございませんか」

「そうだ。そのなかの一枚をおまえにやる。持って行きなさい」

「本当によろしいのですか」

「遠慮することはない。それを旅費にして、遠くへ行ってしまうのだ。二度とこのあたりをうろつくな」

泥棒は信じられないような顔をした。

「なんという情け深いことでございましょう。見のがして下さるばかりか、旅費までいただけるとは……」

「礼などいわんでいい。さあ、早く帰れ」

泥棒はほっとし、窓から飛び出していった。しばらくしてアール氏は、金庫のなかのものを屋根裏に移し、銃をもとにもどし、電話線を引きちぎった。それから公衆電話まで出かけ、警察を呼んだ。

「いま、強盗に入られました。凶器でおどかされ、金庫のあけ方をしゃべらされてしまいました」

やがてやってきた警官に、アール氏は訴えた。

「指紋などが消えてはいけないと思い、そのままにしてあります。ごらんの通りです。きょう銀行からおろしたばかりの現金を、すっかり持っていかれてしまいました」

「大損害のようですな。お気の毒です」

警官が同情してくれるのを待って、アール氏は巧みに切り出した。

「ところで、ついでの時でけっこうですから、盗難の証明書をいただきたいのです。税金の減免用に必要だそうですので……」

箱

その男は一つの箱を所有していた。ごく小さな箱だった。縦と横と高さの調和がよくとれているせいか、眺めつづけていても飽きることはなかった。表面にはなごやかな細い曲線からなる模様の彫刻が、一面にほどこされていて、それは自分の掌《てのひら》、鏡にうつった自分の顔と同じほどに親しみを感じさせるものだった。銀のような材質でできていて、磨くと美しく光り、ほうっておくと霧雨のように曇ってくる。光ったのも曇ったのも、どちらの状態も好ましいものだった。だから男は、ひまがあって気がむくと布でこすり、忙しさがつづくとそのままにしておくのだった。しかし彼は、この箱のなかになにが入っているのかを知らなかった。あける気になれば、簡単にできそうに見える。ただ、それをやろうとしなかっただけのことなのだ。

いつごろから、この箱が自分のものになったのだろう。男は時どき、このことを考えてみる。それは忘却のかなたにかすんだ、はるか遠い昔の日のことだ。しかし、うまれてまもなくというほどまでさかのぼるわけではない。もの心がつきはじめたころであることは、まちがいなかった。なぜなら、それをもらった時の記憶が、かすかに残っている。たしか、遊び友だちだった外国人の小さな男の子から手渡された。もちろん、外国人だったと断言はできない。だが、どことなく異質なところがあったようなので、そうだったのではないかと思えるのだ。

どんな場所で、どんな機会にもらったのだろう。それもまた思い出せない。音楽のただようクリスマスの夜だったような気もするし、夏の夕べの縁日の雑踏のなかだったかもしれない。早春の林か、秋の海辺だったようにも考えられる。

しかし、すべてがぼやけているなかで、一つだけあざやかに浮き出している点がある。箱を渡された時の言葉だ。

「この箱にはね、とてもすばらしいものが入っているんだ。困ってどうしようもなくなった時、これをあけてごらん。たちどころに問題を解決してくれるよ。だけど、役に立つのは、その一回だけなんだよ」

このような内容だった。口調までがはっきりと、耳のそばに残っているようだ。男はよく、それを手がかりに発展させ、箱をくれた男の子の顔を思い出そうと努力してみる。こぶしをひたいに当て、頭を傾け、長い時間をじっと考えると、もう少しというところまでたどりつく。だが、それ以上は決して進めないのだった。なにかの膜でさえぎられている、とても称すべき感じだった。そして、あげくのはてにいらいらし「この箱をあけさえすれば、すべては明瞭《めいりょう》になるのだろうな」と、確信とも誘惑とも、また衝動ともつかない感情をおびた声でつぶやく。しかし、そのたびに強く思いとどまるのだ。そんなことのために箱の力を使ってはもったいない。

はたして箱にそんな力があるのだろうか。また、その気になれば箱は開くのだろうか。この疑問にとらわれることもある。確かめるのは、わけはない。指先にちょっと力をこめ、箱をあけてみればいいのだ。しかし、その結果、やはり本当だったとわかった時は、もう手おくれ。箱のなかの力は去り、かわって後悔がその場所を占めることになる。

少年時代。男は箱のことを、ずっと自分だけの胸に秘めて過した。両親や兄弟にも打ちあけなかった。秘密というものは、子供にとってこの上なく快く、また生きがいでもある。それに、いつか会えるかもしれない、あの異国の少年。その再会の時に、二人だけの秘密がふみにじってあっては、相手の顔をまともに見られなくなるような気もしたからだ。男は箱を布で包み、オモチャ箱の奥や、縁の下の石のかげにかくしたりした。複雑な場所の時には、そこの図面を書いて身につけたりもした。もっとも、図面にしるさなくても、決して忘れるはずのない事柄だった。

年齢とともに、男はいろいろなオモチャを求め、そして飽きて捨てた。ゼンマイ仕掛けの動く人形も、電気で走る機関車も、当初はいかに驚異であっても、その仕掛けがわかってくると、しだいに興味が薄れる。しかし、問題の箱はいつまでも神秘の色を失わなかった。しくみの調べようがないのだから。

学生となり、受験の勉強で苦しんだ時期。男は何度、箱への誘惑を感じたかわからない。この、ため息にみちた重く灰色の生活を、一瞬のうちに消し去ってくれるのだ。そう思うと、手の筋肉がヘビのようにうごめく。しかし、そのたびに、わずか手前でふみとどまった。とくに自制心が強かったためではない。人生とか社会とかの実体がおぼろげながらわかりかけ、将来においておそらく、もっと切実な事態に直面することもあるだろうとの判断からだった。かくして、箱のあけられることはなかった。もっとも、大学の入試に落ちた時は「ああ、こんなことなら、あの時にあければよかった」と後悔した。しかし、終ってからではどうしようもなかった。

青年時代。箱への衝動は津波のように、くりかえし激しく押し寄せた。恋は若者を盲目にする。それが狂おしいまでに高まるたび、男はいつも箱を開く決意をする。だが、心のどこかで、制止の声がわき、それでついためらってしまう。男は熱狂のあいまの冷静な時をみはからって、箱をみつめ、あらためて自問してみる。「あの女性に熱をあげた時、箱をあけるべきだったろうか」と。その答えはいつも同じだった。「それほどの女ではなかったな」と。この箱は無限ともいえる可能性を秘めているのだ。箱のなかを空虚にしてしまうこととの収支の計算は明らかだ。男は恋愛問題では箱をあけなかった。たとえ女に冷たくあしらわれ、みじめな気分におちいった時でも、この箱を手にすると心がなぐさめられるのだった。そのあげく、男は平凡な結婚をした。そのころには、平凡な職についていた。だが、どんなに平凡であっても、箱の力がまだ保存されていて、いつかはそれを行使できると思えば、たいていの不満はいやされるのだった。

男は箱に関して、妻にも親しい同僚にも語ったことはなかった。ひとに話すのはタブーではないだろう。だが、話してどうなるというのだ。笑いものにされるにきまっている。また、なんとかして相手に信じさせ得たとしたら、どうなるだろう。たちまち箱は、むざんにあけさせられてしまうにきまっている。しかも、ごくつまらないことでだ。

やがて父が死に、また母も世を去った。そんな時、男はたえられぬほど責められる気分だった。悲しいことはいうまでもないし、死を防ぎうるものなら防ぎたい。しかし、男は箱をあけなかった。あけるとしたら両親のどちらに対してすべきかをきめかねたし、また、このことを両親が喜んでくれるかどうかも疑問だったのだ。だから、まして日常のごたごたなどで開く気にならなかったのは、いうまでもない。そんな程度のことは、自分で解決できるではないか。

男は箱をにぎって、軽く振ってみることもある。なにかが入っているという感じはするのだが、それがなにかは想像もつかない。耳を押しつけると、川のせせらぎに似た音がする。だが、それは自分の血が血管を流れる音を聞いているのだろう。思念を集中してみても、透視することは不可能だった。その時の気分によって表面の模様が、悪をそそのかす凶器、自由と解放の旅への案内書、限りない財宝、勇気とエネルギーを与えてくれる薬など、さまざまな幻の形をとって浮かぶだけだった。

箱についての最大の危機が訪れたこともあった。ある夜、強盗に侵入された際のことだ。刃物をつきつけられ、男は真に身の危険を感じ、うろたえた。いまこそ箱をあけるべき時だろう。男は判断を下した。しかし、あいにく箱は、机についている鍵のかかった小さな引出しのなかだった。それに近づこうとしたのだが、相手がそのけはいを察知するほうが早かった。

「おい、その引出しをあけろ。なにかしまってありそうじゃないか」

「いえ、つまらない箱だけですよ」

ごまかすことはできず、命令に従わざるをえなかった。だが、強盗は引出しのなかをのぞいただけで、それを奪うことなく引きあげていった。男はほっとした。目立たない箱だったせいだろう。それにしても、こういう貴重な品を見のがすのだから、ばかなやつだな。男はあらためて鍵をかけた。

男は年老いていった。それとともに、箱に対して抱く感情も、いつのまにか変っていた。かつて箱は輝かしい未来の象徴であり、あけたあとのすばらしい世界が心に描けたものだった。だが今は、なつかしい過去の人生の象徴であり、あけてしまったあとの虚《むな》しさにみちた世界しか描けないのだ。若かった時はあけたいという衝動が支配的だったが、老いた今では、あけまいという自制のほうが支配的となっていた。むしろ、あけるべきチャンスを、積極的に求めたい気持ちだった。しかし、それだけの感動をともなって迫ってくる事態は訪れてこない。あける時期を逸してしまったのだろうか。

男は息子のためにもあける気になれなかった。会社のためにも、世の中のためにも、世界のためにもあける気にはなれなかった。そんなことのためにあけたところで、どうなる。ただの一回きりなのだ。それですべてが永遠に是正されるのなら話はべつだ。だが、一回の祈りではどうしようもないだろう。

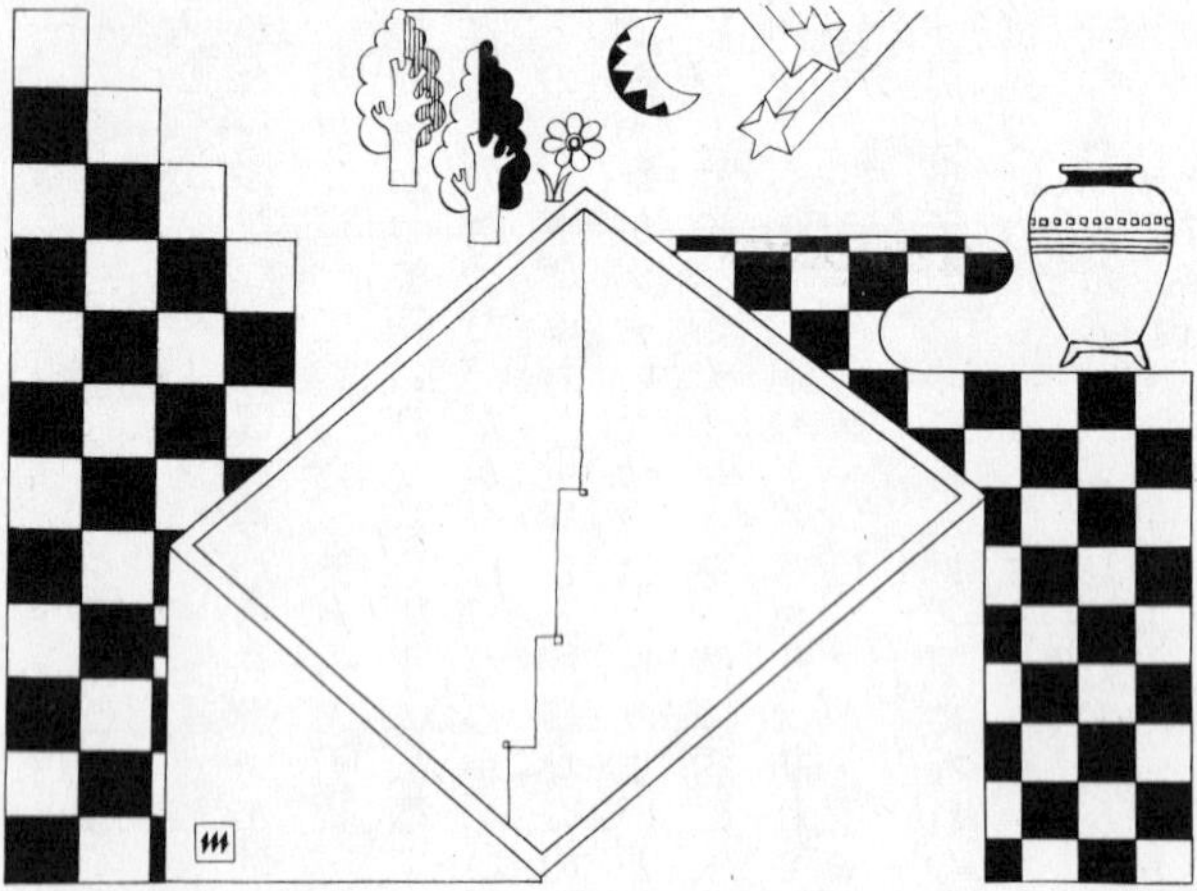

そして、いま。男は病床にあった。病気といっても回復の見込みのあるものではなく、もはや長くはもたないことは、自分でもわかった。いまならば、なんの抵抗もなく箱をあけられそうだ。心のなかをさがしたが、衝動も自制もひっかかってこなかった。欲もなければ、好奇心もなかった。いままであけずにきたことへの後悔もなかった。たとえ箱が無力であったとしても、うらむ気持ちにもならないだろう。
ただ、もし本当に箱に力があるものならば、遠からず迎える死の恐怖を解決し、いくらかやわらげるのに役立ってくれればいいが。だめでもいい。箱のなかを知らずに死ぬのが、いかにも残念でならないのだった。

男は枕《まくら》の下から箱を出し、そっと手にとった。一生をともにした箱。自分の肉体の一部、いやそれ以上に自分自身のものだといえた。彼はしばらく見つめ、なんのためらいもなく箱を開いた。それにつづいて、つぶやきをもらした。

「なんだ。きみだったのか」

記憶は流星のごとく人生を逆行し、幼かった日へと結びついた。箱のなかからあらわれ、そばに立ったのは、箱を手渡してくれた異国風の少年だった。その少年は、やさしく男に答えた。

「そうですよ。あの時の」

「もういちど会いたいと思っていたよ」

「箱をあけさえすれば、いつでもお会いできました」

「しかし、いったい、きみはだれで、なにをわたしにもたらすつもりだったのだね」

「天使ですよ。すぐに天国へご案内してさしあげることになっていました」

「そうだったのか」

「ごいっしょにまいりましょう。こわいことはなにもありませんよ」

「そうだろうな。わたしもそんな気になってきた。これからは、きみに一任するよ。しかし、もっと早くあけるべきだったろうか」

「それは、だれにもわかりません。あなたはいままであけなかった。それだけのことでしょう」

「そうかもしれないな。しかし、きみが箱のなかにいたとは……」

男は枕もとにいるらしい、付き添いの者の声をも聞いた。

「箱のことをつぶやいていますが、なんのことでしょう。どこにも箱などないのに。幻覚か妄想なのでしょうか」

なにが妄想なのだ。箱はずっと持ちつづけてきたのだし、この通り、あけるべき時にあけたのだ。

魅力的な薬

そとは夕やみが濃く静かになっていた。しかし、エフ博士は研究室の電灯の下を、ひとり忙しげに動きまわっていた。博士はもう相当な老人だったが、仕事に熱中すると、時のたつのを忘れてしまうことがよくあるのだ。

「やれやれ、やっと薬ができた。うまく効果を発揮してくれるだろうか。動物を使って実験してみることにしよう」

ピンク色の粉末の入ったビンを手に、博士はひとりごとを言った。研究室のなかには書物や化学器具などとともに、いくつものオリに入れられた数種の動物たちがいた。

エフ博士はオリのひとつに近よった。なかには二匹のモルモットが入っている。博士はその一匹に薬を飲ませ、ようすを注意ぶかく観察した。

薬はたちまち効果を示しはじめた。それまではおたがいに知らん顔をしていたモルモットだったが、飲まないほうの一匹が、飲んだほうのもう一匹にむかって、魅せられたように近よってきたのだ。

「うむ。成功したらしい。べつに副作用もなさそうだ。念のために、こんどはウサギでやってみよう」

ウサギでもサルでも、やはり同様であることがたしかめられた。薬を飲むことにより、他の一匹をひきつける。博士は満足そうな笑顔で、ビンを机にのせ、タバコに火をつけてゆっくりと吸った。

「人間が飲んだとしても大丈夫だろう。魅力的な薬とでも名づけることにするかな」

その時。ふいに、うしろから声がした。

「静かに、大声をおたてにならぬよう」

博士がふりむくと、いつのまに入ってきたのか、みなれぬ男が立っている。男はサングラスをかけているので、人相はよくわからない。手袋をはめた手で、拳銃《けんじゅう》をかまえている。

「ははあ、強盗のようだな。だが、こんな研究室に金などおいてあるわけがない。おどかしてもむだだ。引きあげてくれ」

「しかし、現金はなくても、金目のものはあるだろう。たとえば、そこの机の上にあるピンク色をした薬だ」

「これはわたしにとって、学問的に貴重なものだ。だが、一般の人にとっては、それほど価値のあるものではない」

「そんなごまかしは通用しない。物かげから実験をすっかり見てしまった。面白そうな薬じゃないか。楽しい薬にちがいない。正直に説明しないと、痛い目にあうことになる」

と強盗はおどかし、博士は仕方がないといった表情になった。

「待ってくれ。わたしは年よりだ。乱暴されてはたまらない。話すよ。見られた通り、わたしは魅力を高める薬を研究している。まず、魅力というものが、どんな要素から成り立っているかを研究した。つぎに、それらの要素を高める作用を持つ薬を作った。それがこれだ」

「どれくらいの量で、どれくらいのあいだききめがあるのか」

「人間なら、小さじ一杯で数時間はもつだろう。これでやっと、研究の第一段階が終ったというところだ」

「また、ごまかそうとする。すばらしい効果はこの目で見たし、副作用がないと言うのはこの耳で聞いた。それなら第一段階ではなく、完成ではないか。さあ、それを渡せ」

「しかし……」

博士はぶつぶつ言ったが、それにかまわず強盗はビンを取りあげ、うれしそうに眺めた。

「これだけあれば、当分は使えるな。思いがけず、便利な薬が手に入った。これでおれも、女性にもてるようになるというものだ。では、そろそろ帰るとするか。指紋は残っていないし電話線は切った。気の毒だが、しばらせてもらうよ」

強盗はエフ博士をしばり、さるぐつわをし、ゆうゆうと研究室から出ていった。博士は床に横になったまま、身動きもできなかった。


しかし、やがてドアから警官が入ってきた。警官はエフ博士のなわをほどき、助けおこしながら言った。

「やはり被害にあったのですね。いま、男が自首してきました。研究室に強盗に入ったというのです。魅力的な人物で、悪人らしくありません。確認していただこうと連れてきましたがたしかにこの男ですか」

警官の連れてきた男を見て、博士はうなずいた。

「まちがいありません。長いあいだ苦心して研究したわたしの薬品を、拳銃をつきつけて奪っていったのです」

強盗はふしぎそうに首をかしげ、不満げな口調でこんなことを言った。

「わけがわからん。ここを出て、すぐにあの薬を飲んだ。バーにでも寄って、大いにもててやろうというつもりだったのだ。そして歩いていると、すれちがったやつが、待て、と叫んで追いかけてきた。あわてて逃げているうちに、追ってくる人数が、しだいにふえてくる。つかまったらなにをされるかと心配になり、ひどい目にあうよりはと、警察に飛び込んでしまったのだ」

それを聞いて、博士はうなずいた。

「そうだったのか。それこそ、あの薬のきき目なのだ」

「いったい、なにが魅力的な薬なんだ。このいんちき学者め」

強盗の文句に、エフ博士は笑いながら答えた。

「いんちきではない。たしかに魅力的な薬なのだ。だが、異性を引きつける作用を持ったものは、まだ未完成。あれには、同性を引きつける作用しかないのだ。もし、若い異性だけを引きつける薬だったら、作ったと同時に、わたしがすぐに飲んでいるよ」

未知の星へ

銀色のロケットが、宇宙空間を静かに飛びつづけていた。地球を出発してから、数年になる。その間ずっと、暗黒の宇宙には変化がなかった。

朝も夕もなく、雨も風も雲もなかった。あるのは無数の、色とりどりの星々ばかり。美しくはあっても、化石のように固定した光景だけだった。乗員たちの日常もまた、単調なくりかえしにすぎないのだった。

たくさんの計器も、ほとんどが静かだった。安全な飛行状態であることを示している。動いているのは時計と、飛行距離のメーターぐらいだった。それに目をやりながら、隊長が言った。

「やっと、ほぼ行程の半分に来た。みな、がんばってくれ。まだあと半分、いままでのような、変化のない日常をすごさなければならないのだ」

それに対し、隊員の一人が答えた。だが、退屈をもてあましたような響きは、少しも含んでいなかった。

「そんなご心配はいりません。たしかに、宇宙船内での生活は単調です。しかし、その点は地球で暮していても同じことです。いや、もっとひどい。地球では、うまれてから死ぬまで、ベルトコンベヤーに乗っているような人生です。刺激もなければ、興奮もない。ただ、なんとなく生きているだけではありませんか」

ほかの隊員たちも、その意見には、うなずきをもって賛意を示した。隊長にしても同じだった。

「それもそうだな」

「地球にはもはや、恐怖すらありません。むかしだったら、戦争という言葉は相当なショックを与えてくれたのでしょうが、いまでは、その力を失ってしまいました。なにしろ、戦争のおこる可能性がなくなったのですからね」

「ああ、戦争がなくなってから、ずいぶんになる。むかしの戦争には、胸をときめかすような快感がともなっていたらしい。それには予測できない勝敗が賭《か》けられてあったのだからな。しかし、強力な核兵器の発達以来、戦争が世界の終末であることは、常識となってしまった。つまり結果がはじめからわかっている賭けだ。なんのスリルもない。だれひとり戦争に興味を抱かなくなったのも、むりもないことだな」

隊長はつぶやくように言った。隊員はそれに応じて、

「地球には、退屈以外のなにものもありません。それを考えると、選ばれてこの宇宙船に乗れたわれわれは、じつに幸運です。新しい星、新しい世界への期待がありますから。たとえ、われわれを待っているものが、危険であるかもしれないにしても。しかし、隊長。このロケットがめざしている星には、その期待にこたえてくれるものがあるのでしょうね」

やっとたどりついてみると、無人で不毛の星だった。このことだけが、乗員たちの唯一《ゆいいつ》の気になる点だった。いままでに何度も、この質問が出され、隊長はそのつど、同じ答えを口にしている。

「おそらく、存在するはずだ。われわれがなぜ、この進路を選んだかについては、よく知っているだろう。電子工学の進歩はどんな微弱な電波をもとらえ、それを増幅できるようになった。そして、あの星からのラジオ放送を傍受することができたのだ」

隊長はそばのスイッチを押した。めざす星からの電波は、音声となって再生され、ロケット内に流れた。

言語はもちろんわからないが、未知へのあこがれをかきたてるには充分な力を持っている。エキゾチックな、神秘的な、新鮮な、魅力的な響き。平凡と退屈にみちた気持ちをいやし、期待にこたえてくれる文明のあることはまちがいない。

「まさか、近よってみたら無人の自動式放送局だった、なんてことはないでしょうね」

と、だれかが言った。しかし、いうまでもなく冗談だった。そんなことは、万にひとつも考えられない。だからこそ、この長く単調な時間に耐えてこられたのだ。

とつぜん、出発以来の単調さが破れた。ブザーが鳴り、異変の発生が告げられたのだ。隊員たちは、いっせいに部署に散った。

「なんだ。なにがおこったのだ」

隊長は叫び、観測室から報告がかえってきた。

「進路の前方に、正体不明の物体を発見しました」

「そうか。衝突をさけるために、速力を落せ。しかし、その物体はなんなのだ。隕石《いんせき》のたぐいかどうか、よく調べてくれ」

観測用の計器の焦点が、すべてそれに合わされた。

「はい。どうやら、宇宙船のようです。もちろん、地球のものではありません。真正面から、こちらに向かってきます。あ、相手も速力を落しはじめたようです」

「そうか。警戒をおこたるな」

緊張があたりにみなぎった。未知の文明との、はじめての接触なのだ。好意の持ち主なのか、敵意の塊なのかもわからない。といって、こちらから先に攻撃する根拠もない。相手の出方を注意深く待つほかはない。

そのとたん、未知のロケットは、すれちがいざまに、なにかを発射した。しかも、こちらにむけて。

「危い」

隊長は青ざめて、命令とも悲鳴ともつかない声をもらした。だが、かわすひまもなかった。いや、かわすひまはあったのだが、強い磁力を持っているらしく、逃げおおせなかったのだ。

そして、それはロケットの船体に付着した。一瞬のうちに爆発し、なにもかも虚空《こくう》に飛散してしまうのだろうか。だれしも、うまれてはじめて味わう恐怖だった。しかし、いくら息をつめて待っていても、それはおこらなかった。

爆発しないことは、べつな意味で恐怖以上の不安と言えた。時限性の爆弾かもしれない。相手が影響をうけない安全な距離まで遠ざかるまでの。

また、あるいは金属をとかす薬品を利用した武器かもしれない。そうとしたら、徐々に死を迎えることになる。

「ほってはおけない。早く調べよう。あとについてこい」

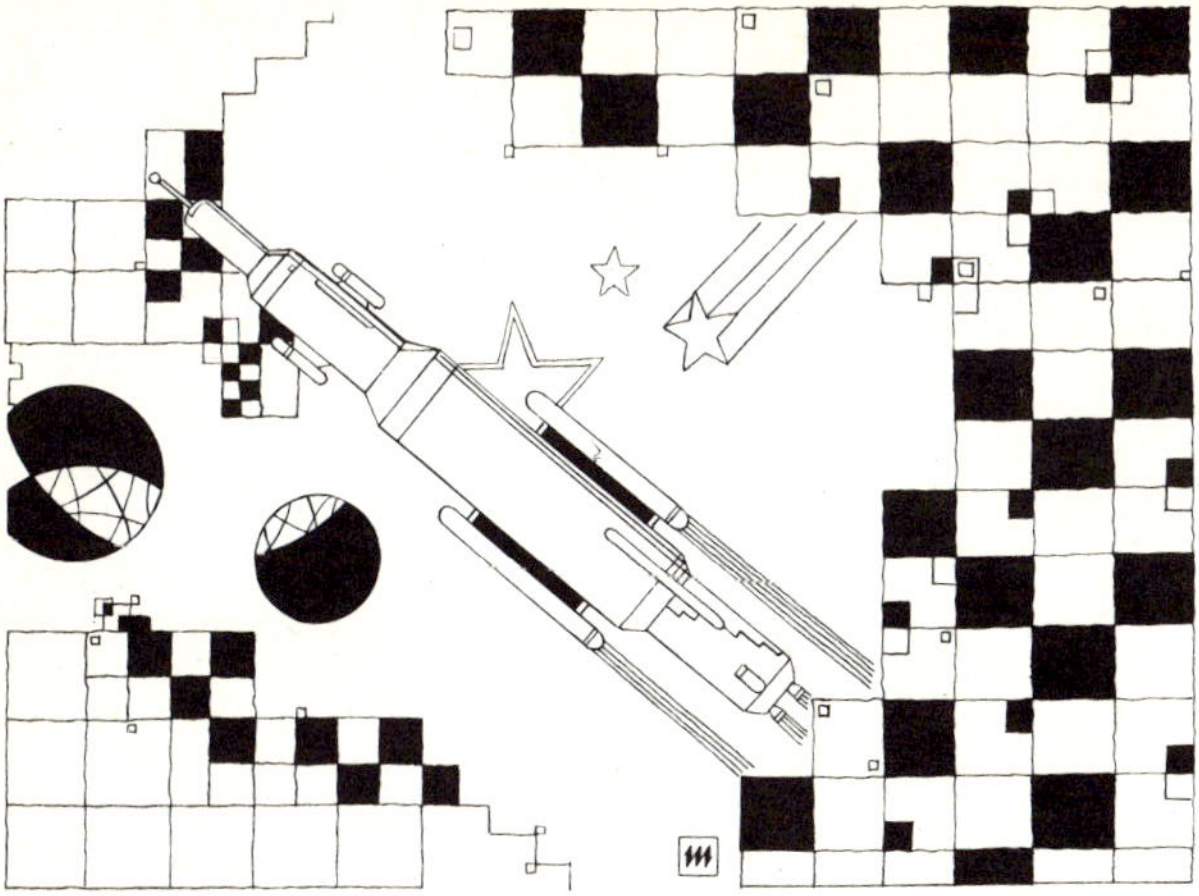

隊長は率先し、宇宙服に着かえ、隊員をつれてロケットの外側を調べにかかった。

小さな円筒形のものが、ぶきみに付着している。簡単には外せそうになかった。となると、こじあけて内部をのぞく以外にない。開いたとたんに、爆発するのかもしれない。だが、こうなったら、どっちにしろ同じことだ。

円筒は簡単に開いた。異変はおこらなかったし、危険物でもなさそうだった。なかにあったのは、なにかを書きこんだパンフレット様のものだったのだ。

一同はそれをロケット内に持ち帰り、あらためて検討した。

描かれてあるのは、絵の連続であり、それをつなげると、意味を判読することができた。

「うむ。これはロケット間の通信筒らしい。外し方も説明してある」

隊長が結論を下し、みなはほっとため息をついた。だが、安心のつぎには、すぐに好奇心がわきあがってきた。

「いったい、なにを通信してきたのです」

隊長はページをめくり、顔をしかめた。隊員たちがのぞきこむと、そこの絵は、みなにこのような内容を告げていた。

〈われわれは、決して敵意の持ち主ではありません。われわれの星は平和ですが、生活は単調をきわめています。それにあきあきし、宇宙船を作り、こうして、未知の刺激と新鮮さにみちた星をめざしている途中なのです〉

夜の事件

その青年は映画俳優だった。人気スターというほどではなかったが、といって、ただの群衆役ばかりでもなかった。そのため、二部屋からなる、高級なアパートで暮すぐらいの収入はあった。

夜の八時ごろ。彼はソファーのうえに横になって、ラジオで音楽を聞いていた。ベートーヴェンのピアノ曲。音は大きめだったが、壁の厚いおかげで、となりからの文句はこない。

ふいに、ラジオの音が小さくなった。不審げな様子で、彼は首をあげた。そして、ラジオの音量のダイヤルをまわしている、見なれない男を発見した。

「どなたです」

しかし、その男は質問に答えず、命令めいた口調で言った。

「おまえを殺しにきた。叫んだり、逃げようとしたりすると、すぐに殺す。しかし、おとなしく殺されるつもりなら、この音楽が終るまで、待ってやることにしよう」

男が拳銃《けんじゅう》を手にしていたので、青年はソファーから起きるのをやめた。なにかの間違いにきまっている。音楽はいま、第一楽章の途中だ。第三楽章が終るまでに、その誤解をとくことができるだろう。

「叫んだりはしない。しかし、どなたです」

「だれでもいい」

と、相手はそっけなく答えた。声に聞きおぼえはなかったし、顔は黒眼鏡をかけていて、見きわめようがなかった。

「とにかく、手荒なことはしないでくれ。金なら、むこうの部屋にある」

「おれは強盗ではない。殺しにきたのだ。この音楽が終りしだい、すぐに殺す」

手のつけようのない答えだった。しかし、青年にとっては、事態がまだ信じられなかった。彼はまばたきをし、首をかしげ、やがて少し笑った。

「そうか。わかった。冗談だったのか。新方法の配役テストというわけだな。どの監督さんの命令だか知らないが、ひとの悪いことをする。きもをつぶしたぜ。で、どうだい、ぼくの反応は。合格かい……」

だが、相手は笑わなかった。

「そんな冗談なものか。この拳銃は本物だし、弾丸も入っている。音楽が終りしだい、おれはおまえにむけて、引金をひく」

「しかし、なぜ殺されなければならないんだ。べつに、悪いことをした覚えはない」

と、青年はソファーに横になったまま聞いた。曲は第二楽章に入り、ゆっくりしたテンポに変っていた。相手は拳銃を握ったまま、椅子《いす》にかけ、話しはじめた。

「おれの妹は、おまえのファンだった。出演の映画は、たいてい見ている」

「そうか。よくお礼を言っといてくれ」

「もう言えなくなってしまった。このあいだ、病気で死んでしまったのだ。いい妹だったがな……」

「それはお気の毒だ。しかし、なぜ、そのためにぼくが殺されることになる」

「兄として、なんとかしてやりたい気持ちだ。そこで、おれは考えついた。天国にいる妹に、おまえを贈り物として届けてやろうと」

「なんだと。いったい、それは正気のさたか」

青年は相手をみつめた。黒眼鏡がなければ、狂気をはらんだ目を見ることができたかもしれない。

「なんと言われても、おれはこの思いつきをやめない」

「だが、人を殺せばつかまるぞ」

「つかまりはしないだろう。おれはすばやく引きあげるし、証拠も残さない。関係者を洗っても、おれは浮かびあがらないし、こんな心のやさしい動機とは、警察だって気がつきはしないだろう」

それを聞いて、青年はため息をもらした。相手が一種の殺人狂では、どんな言い訳をしてみても、手のつけようがない。

その時。ドアにノックの音がした。青年の顔に希望の表情が浮かんだが、それはすぐに消えた。相手の男が拳銃をかまえなおし、かわって答えてしまったのだ。

「どなた」

「お届け物です」

と、その声が言った。

「いま、手がはなせない。そこに置いていってくれ」

「はい」

ドアの外の、人のけはいは遠ざかっていった。がっかりした青年に、相手が言った。

「音楽が終るまでなら、なにか、したいことをさしてやる」

「そうだな。では、いまの品物を見せてほしい」

相手は油断のない身構えで、ドアをあけ、そこの包みを持ってきた。時たまある、ファンからの贈り物らしく思われた。

青年は包みを受取り、美しい包装用紙を開いた。実弾の入った拳銃でも入っていてくれたらいい。だが、それはおよそありえないことだった。なかからは、洋酒のビンがあらわれた。相手はそれを見て言った。

「飲んでもいいぜ」

「とても、そんな気にはなれない」

天国への贈り物にされようとしているいま、贈り物の酒を飲む気にはなれなかった。

「では、おれが飲む。いざとなって、気おくれがしないようにな」

相手はビンに口をつけて飲み、勢いよくのどに流しこんだ。そして、また椅子にかけ、音楽の終るのを待つ姿勢にもどった。

青年はもはや、生きた心地はしなかった。音楽は第三楽章に入っている。これが終れば殺されるのだ。あと数分。相手は見のがしてくれないだろう。こうなっては、すでに死んだも同様だった。

青年はその時、部屋のなかに入ってきた、もう一人の人物をみとめた。だが、疲れはてた頭では、なにものなのかを判断しようがなかった。恐怖のための幻覚か、迎えにきた死神だろう。そうでなかったら、黒眼鏡の男が連れてきた仲間にちがいない。

なぜなら、目の前の黒眼鏡の男は、べつに気にもとめない様子だった。あの人物が幻覚でも死神でもなく、また、この殺人狂の仲間でもなくて、ぼくを助けてくれたらな。ありを金全部進呈してもいい……。

奥の部屋に入り、ふたたび出ていった人物を見送りながら、青年ははかない空想をしてみた。

音楽は力強い曲調になり、終りが近いことを告げていた。青年に決心を迫っているようでもあった。このまま無意味におとなしく殺されるつもりか。どっちにしろ殺されるのだぞ。

青年は賭《か》けを試みることにした。失敗してももともとなのだ。それならば……。

青年はやにわにソファーからはねおき、必死の速さでドアを押しあけ、飛び出した。

青年が警官とともに戻ってきた時も、黒眼鏡の男は、さっきと同じように椅子にかけていた。それを調べて、

「眠っているようです」

と言う警官に、青年は事情を話しながら、聞いてみた。

「……というわけですが、どうしたのでしょう」

「問題は贈り物のようです。このごろ映画スターの家をねらい、睡眠薬入りの酒を届け、時間をみはからって盗みに入る、という悪質な手口の犯罪がつづいています。あなたは、その初めての目撃者です。人相を話して協力していただければ、そいつもまもなく逮捕できるでしょう」

「そうでしたか。でも、そいつは命の恩人ですからね。逮捕してもらいたくない気持ちですよ」

「しかし、報告のためです。被害の金額だけでも、知らせて下さい」

ほっとした表情で奥の部屋に行き、戻ってきた青年は、朗らかに笑いながら言った。

「たいしたことはありませんよ。あり金を全部です」

歴史の論文

書斎で机にむかっていたエヌ博士は、ふいに目を輝かせて、そばのベルを押した。彼は医者であり、特に催眠術の応用についての権威だったが、いまは第一線を引退し、郊外の自宅でのんびりと暮しているという身分だった。

「お呼びでございますか」

と召使いがやってきた。ずっといっしょに住んでいる忠実な男だった。

「ああ、じつは歴史の論文を書きはじめようと思いたったのだ。ゆうゆう自適もいいが、退屈でもあるし、なにか意義のあることをやってみたい」

「さようでございますか。けっこうなことでございます。しかし、あまり突然なので驚きました。いままでに、そんなご様子は少しもありませんでしたし、それに、この家には歴史関係の書物など少しもございません。そんなことで大丈夫なのでしょうか」

「ああ、おまえに手伝ってもらえれば、それで立派なものが完成するはずだ」

この博士の言葉に、召使いは目を丸くし、手を振った。

「わたしにですって。とんでもありません。ご冗談はよして下さい。歴史の知識など、潜在意識とやらの底までかきまわしてみても、全然ありません。これだけは無理でございましょう」

「いや、それでもいいのだ。どうだ、手伝ってくれるか」

「もちろん、ご命令とあれば、なんでもいたします。しかし、お役に立たなくても、責任は負いかねますよ」

「わかっている。では、そこの椅子《いす》にかけてくれ」

エヌ博士は、そばの椅子に召使いをすわらせた。それから、催眠術をかけはじめた。この作業は、博士にとっては手なれたことであり、また召使いのほうも、いままでに何度も実験台にされていたため抵抗はなかった。したがって、たちまちのうちに催眠状態に移行した。

ころあいを見て、エヌ博士は言った。

「さあ、おまえはこれから、すべてわたしの命令どおりになる」

「はい……」

「では、命令する。いいか、おまえは霊媒になったのだ」

「はい。わたしは完全な霊媒でございます」

エヌ博士はまず、召使いを霊媒に仕立てた。金もうけを考えたり、手品を使うといったいいかげんなものでなく、まさに完全な霊媒といえるだろう。つぎに博士は、さっき思いついたことの実行にとりかかった。

「ナポレオンの霊を呼んでくれ」

これが博士の考えた方法だったのだ。歴史上の人物の霊をつぎつぎに呼び出し、それとインタビューをする。いろいろと貴重な情報が得られるにちがいない。完全な歴史を知ることができるばかりでなく、さらに、なまなましい告白とか、秘められた裏話をも聞き出せるわけだ。それを論文にまとめれば、画期的なものになり、空前の反響をまきおこすにきまっている。

その手はじめに、史上で最も有名な人物であるナポレオンと対話しようとしたのだ。やがて、召使いの口から出る声が、重々しい調子の外国語に変った。

「余《よ》はナポレオンである」

エヌ博士はにっこり笑った。みごとに成功したようだ。博士はうやうやしい口調で申し出た。なれなれしく話しかけて、相手の感情を害してもつまらない。

「皇帝陛下のごとき尊いおかたに、わざわざご出現いただき、この上なき喜びでございます。じつは少々、おうかがいしたいことがございまして……」

「よし。苦しゅうない。なんなりと聞くがよいぞ」

「では、お許しを得まして、申し上げます。もしも陛下が、栄光を保ちつつもっと長寿にめぐまれておいででしたら、どのような余生をおすごしになるご計画でございましたでしょうか」

　ナポレオンはあれだけ偉大なことをやってのけた。だが、なにが楽しくて、なにを目標として活躍したのだろう。このテーマと取組んだ者は、だれもいなかったのではないだろうか。それがいま、こんな簡単な方法で、しかも正確な答えに接し得られるのだ。

　録音テープはさっきから静かに回りつづけ、一言もあまさず記録しつつある。博士は期待に胸をときめかせながら待ちかまえた。だが、予期に反した返答だった。

「そのようなことは言えぬ。余はすでに死んでしまった。いまさら仮定の問題を論じるのは気が進まぬ」

「でもございましょうが、そこをなんとかお願い申し上げます。特別のおぼしめしをもって、お教えいただきたいのでございます」

「だめじゃ」

そっけない答。普通の人なら腹を立ててあきらめたかもしれないが、そこは一流の才能を持つエヌ博士。すぐに打開の方法を思いついた。答えたくないのなら、答えるようにすればいい。ナポレオンの霊に対して、すぐさま催眠術をかけたのだ。

まもなく、それは効力を示してきた。博士は口調をあらため、呼びかけた。

「ナポレオン。おまえはわたしの命ずる通りになる」

術者がていねいな言葉を使ってはぐあいが悪い。また、相手がナポレオンでも、催眠状態にあるのだから遠慮することはない。

「はい。そういたします」

従順になったその口調から、術のうまくかかったことがたしかめられた。博士はつぎの段階へと進んだ。

「ナポレオン。おまえは霊媒に……。いや、顔が召使いなので、つい、さっきの指示とまちがえてしまった。霊魂を霊媒に仕立ててもはじまらない。いまのは取消しだ。いいか、ナポレオン。おまえはまだ死んでいない」

「はい。死んでおりません」

「長生きをして、不自由のない環境で、幸福な余生を楽しんでいる」

「はい。幸福な余生をすごしております」

「おまえのしていること、また、あたりの様子を話しなさい」

「はい。やっと長いあいだの念願がかないました。世界じゅうの美女を集めてハレムを作り、したいほうだいのことをしております。豪華な料理、酒、かおり高い花、流れる音楽……」

「いま、なにをやっているのか」

「すぐそばに横たわっているのは、南イタリー生まれの美女。若く、すばらしい肉体の持ち主で、その、なんといったらいいか……。とにかく、しばらくじゃまをしないで下さい……」

口からよだれを流すような声だった。エヌ博士はいささか嫉妬《しっと》と羨望《せんぼう》を感じた。彼は面白くない顔をし、質問を一時中止した。

しかし、収穫はあった。あの政治と軍事の大天才であり、不滅の英雄であるナポレオンが、老後にこのようなことを夢みていたとは。歴史上の大発見の一つであることにまちがいない。

ところで、このことを皇后ジョセフィーヌは知っていたのだろうか。知っていたとしたら、どんな気持ちでいたのだろう。この件についての、エヌ博士の興味は高まった。いまの嫉妬の影響か、いくらか意地の悪い心境にもなっていた。

博士はナポレオンの霊をひっこめ、ジョセフィーヌの霊を呼び出し、話しかけた。そして、おもむろに質問にとりかかった。

「皇后陛下のジョセフィーヌさまでいらっしゃいますか」

「ええ、そうですわ。お願い。助けてよ。なんとかしていただけないかしら」

と、ジョセフィーヌの霊は、とたんにわけのわからないことを口走りはじめた。

「なにかお困りのようですが、まず、わたしの聞くことにお答えをお願いいたします。そのあとでなんでもお力になりましょう。じつは、いま、ナポレオン陛下とお話ししたわけでございますが……」

「そのことなのですわ。お願い。助けてよ……」

またも話題はもとにもどってしまった。英雄の妻にも、しもじもの者には想像もできないような悩みがあるらしい。しかし博士は、すぐに理解した。そして、なぐさめの言葉を口にした。

「お察し申しあげます。皇帝陛下の内心をご存知だったわけですね。ご主人が大ハレム建設の執念にとりつかれていたとあっては、奥方として、死んでも死にきれないものでございましょう。さぞ、お悩みのことでしょう。じつはわたしは、催眠療法の分野で名を知られた医者でございます。なんとか、お悩みを取り除いてさしあげましょう。霊魂を治療いたしても利益はございませんが、皇后ジョセフィーヌ陛下をおなししたとなると、誇らしい気分になれましょう」

「ご好意はありがたいけど、そのハレムとやらはなんのことなの」

「申し上げないほうがよろしかったのでしょうか。いまナポレオン陛下から、その大理想のお話をうけたまわったばかりでございます」

博士は説明したが、ジョセフィーヌには通じないようだった。またも不可解な答えがかえってきた。

「どのナポレオンのことですの」

「どのって……。ボナパルト、ナポレオン一世陛下のことでございます。ほかに、だれがおりましょう」

「事情をご存知ないようね。その一世陛下がたくさんいるのよ」

「と申しますと……」

「お聞きになったことはないの、自分をナポレオンと思いこんでいる妄想患者のことを」

「それは知っています。わたしも何人か治療したことがございます。いまだに絶えないようですが、それは皇帝陛下の偉大さのためで……」

「それなのよ。その妄想をそのまま霊界に持ちこんでくるのだから、どうしようもないわ。あたしのまわりに、そんなのがうじゃうじゃ集っているの。大ハレムに住んでいるのは、あたしのほうよ。だけど、妄想患者ばかりのハレムだから、たまったものじゃないわ」

「そんなこととは、少しも存じませんでした」

「みんながあたしのことを妻だと呼ぶのよ。たまには、自分はジョセフィーヌだという女性患者がいてくれると助かるのだけど、それはいないし……」

「さっきのナポレオンはどなたでしょう」

「知らないわ。とてもおぼえきれるような人数じゃないのですもの。ハレムだとか言うところを見ると、アメリカ漫画の影響がありそうね。だとすると、わりと最近のナポレオンでしょう。新入生よ」

「まったく、ひどいものでございますな」

エヌ博士はうなずき、ジョセフィーヌの霊は勢いこんで訴えた。

「だから、お願い。なんとかしていただきたいのよ。その分野の一流のお医者なら、それぐらいはおできになるでしょう」

「できないこともありませんが……」

博士はあわてた。事情は気の毒だが、手のつけようがない。ジョセフィーヌの霊だけならまだしも、無数に近い妄想患者の治療までは引き受けられない。第一、報酬は得られず、そんなことにかかわりあっていては、歴史の論文がいつ完成するかわからない。

エヌ博士は召使いの催眠術をといた。つまり、召使いは霊媒でなくなり、同時にジョセフィーヌの霊もどこかへ行ってしまった。召使いはまばたきをし、博士に聞いた。

「おすみになりましたか」

「ああ」

「お役に立ったでしょうか」

「まあまあだ。あまり収穫はなかったが、この方法がうまくゆくことは立証された。

いずれ、べつな方面から研究を進めることにしよう。歴史上の人物はナポレオンに限るわけではない」

博士はテープを止め、それをしまい、一応その日の実験は終った。

しかし研究はそれで中絶となった。日をあらためて、博士は何回か召使いを霊媒に仕立てる。だが、すぐさまジョセフィーヌの霊が、待ちかまえたように出現してくる。

「ねえ、お願い。早く患者たちの治療をはじめてくださらない……」

と、エヌ博士を一流の医者と見こんで、めんめんと訴えつづけるのだから。

重要なシーン

「あなたは昨夜の九時ごろ、どこでなにをしていましたか」

警察に呼び出されて、このような質問をされた時、その青年はあまりあわてなかった。彼はそしらぬ顔をして聞きかえした。

「なにがあったのですか。そんなことを、なぜ調べるのです」

「あなたが前につとめていた会社に、泥棒が入ったのです。犯行の時刻はほぼそのころと推定され、犯人は内部の事情にくわしい者のようです。あなたを特に疑っているわけではありませんが、参考のために、一応お聞きしておきたいのです。昨夜のそのころ、どこにいましたか」

「アパートの自分の部屋で、テレビを見ていました」

「だれかといっしょでしたか」

「いえ、ひとりで見ていました」

刑事は不満そうな様子だった。

「証人がいないのは困りましたね。ところで、ごらんになっていたのは、どんな番組でしたか」

「ドラマでしたよ。そうそう、ミステリー物でした」

「ああ、その番組なら、わたしも見ていた」

「面白いドラマでしたね。まずはじめに殺人がおこり……」

と、彼はそのドラマの筋をしゃべりはじめた。うなずきながら聞く刑事の顔から、疑いの表情が薄れてゆくのを見て、彼は心のなかで舌を出し、身ぶりをまぜながら話に熱中した。

テレビを見ながら犯罪をおこなう、または、犯罪をやりながらテレビを見る。どちらにしろ、常識では考えられないことだ。携帯用のテレビがあったにしろ、それを横目で眺めながら泥棒をするには、よほどの天才的な能力を必要とする。

彼はべつに天才ではなかったが、その時間に放送になったドラマを見ていたし、その時間に犯罪をおこなった。

しかし、彼はテレビ持参で泥棒に入ったわけではなかった。

数日まえ、彼はテレビ局を訪れた。テレビ局には、さまざまな人間が出入する。それにまぎれこめば、怪しまれることもない。

そして、ビデオテープへの録画がはじまる少し前に、彼はスタジオのなかにもぐりこんだ。ここでも怪しまれることはなかった。照明の集中している出演者に、だれもが気をとられ、はしのほうに見知らぬ男がいたところで、べつに問題にしなかった。見なれぬやつがいるな、と思った者があったとしても、局の者か、出演者のつきそいか、スポンサーか代理店の関係者か、それとも原作者か脚色者かだろう、と片づけてしまう。聞いて確かめる必要もひまもないからだ。

もっとも、なにかを持ち出そうとすればさわぎになる。だが、彼はなにも盗みはしなかった。ドラマをビデオにおさめるのを見物したところで、犯罪にはならない。

彼の頭のなかにも、ドラマはすっかり録画された。かくして、彼は計画の前半を達成し、局を出た。テレビの関係者というものは、番組が終るとなにもかも忘れてしまうものだ。スタジオのすみにいたのがどんな男だったか、いや、人がいたかどうかさえ、おそらく覚えてはいないだろう。

そこで彼は、計画の後半に手をつけた。つまり、それが放送になる時をみはからって、勝手のわかっている、以前につとめていた会社にしのび込んだのだ。

どこの窓のカギがこわれているかを知っていた。また、電気のメイン・スイッチがどこにあるかも知っていた。彼はまず、そのスイッチを切った。こうしておけば、盗難よけの非常ベルが鳴り出す心配がない。

暗いなかだったが、彼はつまずいたりしなかった。必要に応じて持ってきた懐中電灯をつけ、ロッカーをこじあけた。そして、なかにあった札束を自分のポケットに移した。

手袋をしていたから指紋の残るおそれはなかったが、彼は証拠を残さないように注意した。いまは自分の部屋でテレビを眺めているはずの時間なのだ。手ぬかりをしてはいけない。

彼はスイッチをもとに戻し、そとへ出た。札束はビニールに包んで公園の木の下に埋め、急ぎ足で自分の部屋に帰りついた。幸い、だれかに見られることもなかった。

テレビのつぎの番組を見ながら、彼はうまくいったかどうかを検討してみた。だが、なにもかも完全のように思えた。

だからこそ、つぎの日に警察に呼び出されても、このように落ち着きはらって、ドラマの筋を話すことができたのだ。

「なるほど。よく覚えていますね」

と、刑事はちょっと首をかしげた。しかし、彼は調子にのって話しつづけた。

「ええ、ミステリー物は大好きですから。しかし、犯人のつかまるのが簡単で、少しあっけなかったようですね」

「犯人……」

と刑事は聞いた。

「ドラマの犯人ですよ。つまらない失敗で、すぐにつかまってしまったではありませんか。つかまるのが早すぎますよ、あれでは」

「どうしてそれを知っている」

「どうしてって。テレビで見ていましたからね」

と彼は軽く笑った。だが、刑事は笑わなかった。

「ふしぎなことだ。昨夜は変電所で事故があり、どこもかしこも三分ほど停電した。それなのに、どうしてそのシーンを知っているのだ」

刑事の顔には、ふたたび疑惑の表情がもどってきた。彼は青くなりながら、心のなかでつぶやいた。やれやれ、犯人のつかまるのが早すぎるのは、あのドラマだけではなかったようだ。

商売の神

「社長。お客さまがみえました」

と秘書がとりついできた。秘書といっても、としとった男で、受付もやれば帳簿係も兼ねている。なにしろ社員は一人しかいないのだ。

「よし。ここへお通ししなさい」

中年の男、アール氏が答えた。ここは街なかのビルにあるアール氏の事務所。彼のいるこの部屋と、秘書のいるつぎの部屋。これだけがすべてだったが、事業は順調に進んでいる。

秘書はドアから去り、かわりに客が入ってきた。三十歳ちょっとの女性。あか抜けた身なりから、水商売の女性ではないかと察せられた。

「さあ、どうぞ。その椅子《いす》におかけになって、ご用件をお話し下さい」

とアール氏にすすめられ、女はそれに従ったが、なかなか言い出しかねている様子だった。

「ご遠慮なさることはありません。ドアのそとにも書いてあるように、金融業。お金をお貸しするのがわたしの商売です」

「ええ、それを拝見して、紹介もなしに突然おうかがいしたわけなんですけど、本当に貸していただけるのでしょうか。じつは、お店を改装したいのです」

「ご用立ていたしますとも。しかし、銀行などよりも利息がいくらか高くなっていますが、それは承知していただかなくてはなりません」

「もちろん、お払いいたしますわ。でも、担保も保証人もないんですけど……」

「そのようなかたにお貸しするのが、わたしの商売です」

アール氏の話に、女は信じられないような表情だった。

「なんだか夢のようですわ。ぜひ、お願いいたします。それで、どんな手続で、いつごろお借りできるのでしょうか」

「この借用証に記入し、サインをしていただければ、すぐにお貸しいたします」

女はアール氏から渡された用紙に目を通した。利息は少し高いが、高利というほどでもない。しかし彼女は、話があまりすらすらと進んだので、いくらか不安にもなったらしかった。

「こんなことをお聞きしたら失礼なんでしょうけど、返せない場合には、暴力団かなにかが……」

「とんでもありません。そんな手荒なことをしていたら、とっくの昔に警察にあげられています。わたしはお客さまが、期日には必ずご返済くださるものと信用して、お貸しするのでございますが……」

「ええ、もちろんお返しいたしますわ」

女は安心してサインをすませた。アール氏は大きな金庫のなかから現金を出した。それから部屋のすみにかざってあるブロンズ製の像を指さして言った。

「これはどのお客さまにもお願いしていることですが、この像の前で誓っていただきます。期日には必ず返済すると。まあ、あなたの保証人というわけです」

「ええ、けっこうですけど、それ、なんの像ですの」

「マーキュリー。神話にある商売の神です。わたしたちの取引きの立会人になってもらうのです」

「へんな儀式ですのね」

女はふしぎそうな顔つきだったが、べつにこばむ理由もない。アール氏に言われた通りにし、現金を受け取り、何度も礼を口にしながら帰っていった。いれかわりに秘書が入ってきて、アール氏に報告した。

「さっき、このあいだ借りていった証券業者が返済にまいりました。来客中でしたので、元利合計を確認して受け取り、証文は渡しておきました」

「ありがとう。事務的なことは、きみがやってくれるので助かるな。それから、これはいま貸した金の証文だ。帳簿に記入しておいてくれ」

「はい。しかし、大丈夫なのですか、水商売なんかに貸して。しかも、担保も保証人もなしです」

秘書は不安と不満のまざったような口調で言った。

「大丈夫だ。また、保証人なしで貸すのは、わたしの方針だ。だからこそ、銀行より高い利息を取れる」

「社長はあなたで、わたしは社員です。しかし、いつもはらはらしますよ」

「心配してくれるのはうれしい。だが、いままでに、こげつきはなかったはずだ」

「それはそうですが……」

と、秘書は首をかしげた。たしかに、この会社ができてから一年ほどになるが、そんな例は思い浮かばなかった。そして、アール氏の才能をあらためて信頼しなおした表情になり、つぎの部屋へと戻っていった。

しかし、しばらくすると、また秘書が入ってきて来客を知らせ、アール氏の耳もとでささやいた。

「社長。こんどの客だけはおよしになったほうがいいと思います。借金をふみ倒すので有名な男です。わたしが以前につとめていた会社も、そのために大損害をこうむったことがありました。お会いになるのはけっこうですが、よくお考えになって下さい」

「ああ、注意しよう」

だが、問題の客が帰ったあと、アール氏は秘書を呼び、いつものように命じた。

「この証文も帳簿に記入しておいてくれ」

秘書は証文を見て、驚きの声をあげた。

「あ、お貸しになったのですか。しかも、こんな大金を」

「そうだ」

「さっき、わたしがあれほどご注意し、社長も承知なさったではありませんか。それなのに、貸してしまうとは。失礼ですが、お気はたしかなのでしょうか」

「わたしの頭がおかしくても、おかしくなくても、貸した金が期日に元利合計でもどってくれれば、それでこの仕事はもうかるのだ。だれもわたしをふみ倒して逃げるといった、ひどいことはしないはずだ」

「いままでは、そんな目にはあいませんでした。しかし、運がいつまでもつづくとは限らないでしょう」

「いや、こんども大丈夫だ」

アール氏の答えは、いつものように確信にみちていた。それを感じてか、秘書は批判めいたことを言うのをやめ、うなずきながら、

「そうかもしれませんね。じつは、いま帳簿を調べなおし、こげつきが一件もないことをたしかめました。しかし、なぜこんなに順調なのか、考えてみると、ふしぎでなりません。こげつきがないから、もうかる一方です。こんな事業があるとは、想像もしていませんでした。才能や人徳だけでは、こう完全に運営できるとは思えません。

なにか秘訣《ひけつ》があるのですか」

「ああ、その像のご利益というわけだ」

アール氏は台の上に飾ってあるマーキュリーの像を指さしたが、秘書は納得できない様子だった。

「社長がそれを大切にし、帰宅の時は金庫におしまいになるのは知っています。わたしは信仰心を持たない人間ではありませんが、これに、それほどあらたかな加護があるとは、とても信じられません」

「じつはわたしも、マーキュリーの力など信じてはいない」

アール氏の意外な答えに、秘書はますます面くらった。

「どういうわけなのです。像を信じておいでなのか、そうでないのか、矛盾したお話です。よく教えていただけませんか」

「説明してもいいが、よそでしゃべられると困る」

「もちろん、決してしゃべりません。秘密は守ります」

「わたしに約束しなくてもいいから、そのマーキュリーの像に誓ってくれ」

「よろしゅうございます。そういえば昨年、わたしがこちらにやとわれた時、会社につくすと像に誓わされたことを思い出しました……」

こうつぶやきながら、秘書は像の前に立ち、いまの言葉をくりかえした。

「……さあ、教えて下さい」

「では、話すとするか。それは外観はマーキュリーの像だが、なかは最新式の装置だ。よく見ると、電気のコードが出ているだろう」

「そうとは知りませんでした。で、どんな機能を持っているのですか」

「誓った言葉を暗示に変えて反射し、本人の意識の底にたたきこむのだ」

「機械のこととなると、わたしにはよくわかりませんが、要するに、どんな役に立つのです」

「たとえばだな、眠る前に明朝は何時に起きなければならないと思ってベッドに入る。すると、その時間に目がさめる。これに似た強力なものと思えばいい。だから、金を貸しても期日になると、無理をしてでも金を作って返しにくる」

秘書はやっと理解したような顔になった。

「そうでしたか。そういえば、さっき返済に来た男は、なにかにとりつかれたような表情をしていました。聞いてみると、入金のあてがのびたので、なにもかも売り払って返しに来た、とかつぶやいていました」

「だから、こげつくこともないのだ」

「しかし、問題の男はどうなのです。財産もなければ、あいつに立て替えてくれる人もないはずです。期日になったら、どうするのでしょう」

「そんなことは、こっちの知ったことではない。期日が迫ると暗示が働きはじめ、金を作って返しにこなければいられなくなる。よそから借りられなければ、詐欺《さぎ》をするなり、強盗をするなりしてでも、必ず返しにやってくる。相手の事情はあまり知らないほうが、気が楽というものだ。わたしが借手を調査しないのも、そのためだ」

「わかりました。これで安心して仕事ができます」

秘書は感心し、しげしげとマーキュリーの像を見つめた。そして部屋から出ようとしたのを、アール氏は呼びとめ、思い出したように命じた。

「いま小切手を書くから、これから、支払いに行ってきてくれ。大型のヨットを買ったのだ」

その数字をのぞき、秘書は聞いた。

「ずいぶん高いものですね。むだづかいのような気もいたします」

「いや、わたしは金もうけだけに生きる男ではない。ほかの高利貸のように、それだけで一生を送っては、こんなつまらないことはないではないか」

「それはそうですが、なんでまた、ヨットなど。ほかにも楽しめるものがあるでしょうに。ゴルフとか……」

「しかし、あの広い海に浮かぶヨットが、欲しくてならなかったのだ。わたしはこの週末、それに乗るつもりだ」

「かしこまりました。反対はいたしません。では、週末を楽しくおすごし下さい」


アール氏は豪華なヨットを動かし、海に乗り出した。そして、海岸ぞいにある高級な保養地に着いた。

岸にはひとりの青年が立っていて、アール氏を迎えて言った。

「もういらっしゃるころだと思っていましたよ。ぼくの発明した装置の作用は確実です。だからこそ、あなたは金をかせぐことができ、ぼくは装置の貸し賃としてヨットが手に入るというわけです。来年はなんだったか、わかっていますね。いや、忘れていたっていいんですよ。その時がくれば、いやでも思い出すのですから……」

四日間の出来事

第一日

会社の帰りに喫茶店に寄り、その片すみの席で、ひとりコーヒーを飲むのがその男の日課となっていた。

彼はあまり若くはなかったが、また年配と呼ぶほどのとしでもなかった。一流とはいえないが、また三流でもないある会社につとめていた。上役の命には忠実で、仕事ぶりは可もなく不可もないといったところ。趣味といってもべつになく、帰りに飲むコーヒーのほかに特にあげれば、ごく時たま、競馬の馬券を買うぐらいのことだった。だがそれにしても大きく派手に買うようなことはしなかった。

いつも寄るこの喫茶店も、豪華なつくりではなく、といって、みすぼらしい店でもなかった。その点、彼にふさわしいといえた。一杯のコーヒーをゆっくりと飲みながら、彼はなんとなくつぶやいた。

「ああ、なにもかも平凡きわまる。おれはこんな調子で、ずっと一生をすごすのだろうか。はたしてこれでいいのだろうか」

その時、光線のかげんか、テーブルのはじで、ちょっと光ったものがあった。それは貨幣を一枚入れてボタンを押すと、占いの文句を印刷したカードの出てくる小さな装置だった。前から置かれていたものだったが、彼は占いには興味がなかったので、いままで気にもとめずにいたのだった。

しかし、その光り方が、つぶやきに答えたように思えたため、彼は使ってみる気になった。細長い穴に貨幣を入れ、ボタンを押した。カチリと音がして、折りたたまれたカードが出てきた。彼はそれを開いて読んでみた。

〈あなたは現状に安住しすぎています。そのため、ずいぶん幸運をのがしています。もっと決断力をお持ちなさい。必ず成功するでしょう〉

第二日

いつもは一杯でやめるのだが、彼は二杯目のコーヒーを飲みながら、いつもの喫茶店にすわっていた。そして、目をつぶって、きのうからずっと空想しつづけてきたことを、もう一回くりかえした。

たしかに、おれの生活は平凡すぎた。だが、それに変化をつけるためには金が要る。

といっても、強盗をやるほどの度胸はない。できることといったら、会社の金を一時流用して、馬券を買ってみることぐらいだ。うまくいけば申し分ない。しかし、失敗する場合だってある。うまくゆけばいいのだが……。

　こんなことを考えながら、彼はなにげなく占いの装置に手をのばした。一枚のカードが吐き出されてきた。

〈あなたは迷っておいでです。しかし、せっかく思いついたことを、ためらってはいけません。実行してみることです。きっと、うまくゆくでしょう〉

　第三日
　彼は珍しく、三杯目のコーヒーを飲んでいた。だが、胸がどきどきしているのは、そのためではなかった。ちょうど心臓の上あたりの、服の内ポケットに入っている、相当な金額の札束のためだった。
　きょうの午後、支払いのために預けられた会社の金を持って、彼は競馬に出かけてみた。はじめは恐る恐る、しだいに大きく馬券を買った。思いがけないツキが、彼を大胆にしていったのだ。そして、きのうまで考えもしなかった大金が、彼のポケットにおさまるという結果になった。

彼は一枚の貨幣を出し、占いの装置に入れた。きょうの幸運についての、お礼のつもりだった。

〈あなたはいま、順調の波にのっています。その幸運を充分に楽しまなければいけません。好調の時にびくびくしているのは、よくありません。いまこそ幸運を味わうべきです〉

第四日

昼ごろ例の喫茶店で、彼は四杯目のコーヒーを飲んでいた。店の女の子はふしぎそうな顔をした。だが、彼は飲みたくて飲んでいるのではない。はげしい二日酔いを、なんとか追い払おうとしているのだった。

頭を振ってみたが、頭痛は消えてくれなかったし、気分はいっこうに、さっぱりしなかった。きのうの夕方からのことを思い出そうと試みたが、ぼんやりとした夢のように、切れ切れにしか浮かんでこなかった。

きのうの夕方、彼はこの喫茶店から意気ようようとした足どりで、夜の街へ出た。そして、酒を飲みはじめた。もちろん、はじめはいつもの習慣で、安い手ごろな酒場へ入った。しかし、しだいにより高級な店に移っていった。酒の酔いとポケットの札束がそうさせたのだ。グラスを重ね、女の子をからかい、気前よくチップをはずみ、女の子に歓迎された。またグラスを重ね、また女の子をからかい、また気前よくチップをはずみ、また女の子に歓迎された。

これがくりかえされるうちに、そのいずれもが加速しあって、酔いが高まる一方だった。

そして、きょう。昼ちかく彼はホテルの一室で目をさました。ベッドには女がいっしょに寝た跡があったが、その実物はすでにいなかった。

彼はもうろうとした頭でそこを出た。だが、会社に出勤する気にもならず、やっとこの喫茶店にたどりついたのだ。

すでに四杯のコーヒーを飲んだが、頭は依然としてさえなかった。そのとき、となりの椅子《いす》に一人のお客がすわった。彼はうつむいたまま、ぶつぶつ言った。

「ほかに席があるでしょう。気分が悪いんです。はなれてくれませんか」

「おい、しっかりしろ。わたしだ」

その顔を見ると、彼の上役だった。

「きのうの支払いが不明のまま、きみが無断欠勤したので、心配していたところだ。そこで、ここではないかと、のぞいてみたわけだよ」

「その金なら大丈夫です」

と彼はポケットをさぐった。だが、どのポケットにも、きのうもうけた分どころか、流用した元金さえ残っていなかった。使ったのか、落したのか、とられたのか、また、その場所がどこだったのか、いまの頭ではまったく見当がつかなかった。

「おい、どうしたんだ。きみはまちがいのない男だと思うが、はっきりした説明をしてほしいね」

上役は気づかわしげに、彼を眺めていた。彼はあらゆるポケットをもう一回さがしたが、やはり金はなかった。こうなっては、正直に話す以外に方法はない。

「ええ、お話ししますよ、なにもかも。問題はこれなのです」

と言いながら、彼はポケットの底に残っていた貨幣を出し、占いの装置に押しこんだ。カードはいつものように、そっけなくあらわれた。

〈あなたは人がよく、暗示にかかりやすい性格です。そのため、とりかえしのつかないことにおちいります。しかし、それをつぐなうのは暗示を与えた相手ではなく、あなた自身なのです……〉

愛の指輪

「そのご、なにか変ったものを仕入れた……」

と、古道具屋に立ち寄った青年が聞いた。顔なじみの店の主人は、首をふって答えた。

「このところ、あまり変ったものは入りません。しかし、あなたも変ってますね。結婚しようともせず、古い貨幣のコレクションに熱中しているなんて」

「そうじゃないんだ。結婚できないから、その気ばらしに、コレクションに熱中しているのさ」

「なぜです。好きな女の人がないからですか」

「いや、じつは、おとなしくて美しい女性がいるんだ。ぼくは彼女を好きだし、彼女もぼくをきらいではないらしい。だが、話が結婚のことになると、彼女はどうもにえきらない」

青年が悲しそうな顔をすると、店の主人はうなずきながら言った。

「そうでしたか。それなら、ちょうどおあつらえむきの品がありますよ」

そして、小さな箱をとり出し、ふたをあけた。なかには奇妙な模様が彫刻された、古めかしい指輪が二つ入っていた。青年はそれを手にとってみた。

「珍しい型だな。しかし、なぜおあつらえむきなんだい」

「信用なさらないかもしれませんが、これには一種の魔力がそなわっているんです」

「いったい、どんな魔力が……」

「異性を結びつける力です。この一つを男の指にはめ、もう一つを女の指にはめます。すると、指輪の力にうながされて、二人は引きあい、結婚せざるをえなくなる。まあ、こういうわけです」

「なるほど、だが、そんな貴重な品なら、売る気にならないはずだが」

青年は疑わしげにつぶやいた。

「結婚指輪をはめるようになれば、これは不要品ですよ。わたしにとっても、もう使いようがありません」

といいながら、主人は目くばせをした。その視線のさき、店の奥には彼の妻がいた。こんどは青年がうなずいた。この店の主人が、なんであんなすばらしい女と結婚できたのかと、まえからふしぎに思っていたところだったのだ。

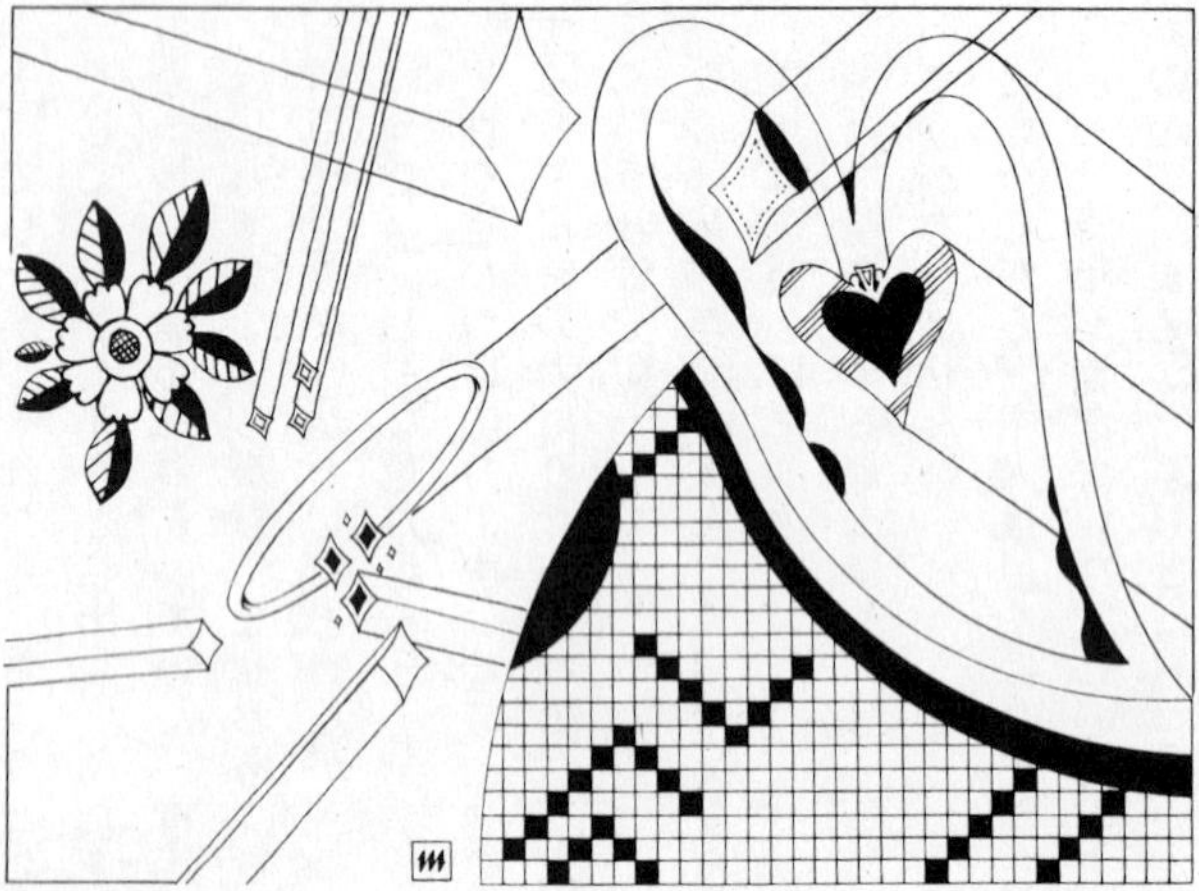

「そうだったのか。しかし、高いんだろうね」

「あなたがいままでに買い集めた、貨幣のコレクションと交換ではいかがでしょう」

青年はしばらく考えていたが、

「魔力が本当で、彼女と結婚できるのならば、コレクションなど惜しくはない」

「では、こういたしましょう。だめでしたら、指輪をひきとります。しかし、その点の心配はいりません。一週間ほどで効果があらわれてきます」

青年はその条件を承知し、一対の指輪をうけとった。彼はさっそく、愛情をこめた短い手紙をそえ、彼女へ贈った。あまりくわしく説明すると、指輪をはめてくれないおそれがある。

青年はもう一つを自分の指にはめて待った。何日かが過ぎたが、効果はなかなかもたらされず、もたらされたのは、彼女からの一通の手紙だった。

〈……あなたのお気持ちはうれしく思います。だけど、結婚はできそうにありませんわ。なぜなら、私は後見人である伯母の家にいるのです。伯母は私を監督することだけに興味を持ち、当分は結婚を許してくれそうにないのです。独身のせいかとても意地が悪く、せっかく贈っていただいた指輪も、私からとりあげてしまったほどで……〉

青年はいささか驚いた。しかし、あわてはしなかった。自分にもまだ独身で、ひとの物をなんでも欲しがる伯父があったことを思い出したのだ。

愛の指輪はみごとな効果をあげてくれた。

効　果

「愛しているよ」

テラスの椅子《いす》に腰をかけたエス氏が言った。彼の顔には、満足そうな表情があふれている。

「あたしもよ」

軽い足どりで庭を散歩していたエス夫人は、ふりむき、笑いながら答えた。すべてはなごやかな光景だった。

ここは山ぞいにある高級な保養地。ごみごみした都会とちがって、家々はまばらだった。新鮮な日光は静かな空気のなかを散り、この山荘にも降りそそいでいた。大きくはなかったが、良質の材料を使った上品な建物だった。庭にはひろびろとした芝生が、そのさきには林があった。さらに、そのむこうには、すがすがしい緑の山を眺めることができた。

エス氏夫妻は結婚して四年ほどになるが、ずっとここで暮している。エス氏はべつに、あくせく働く必要がなかった。相当な資産の持ち主だったのだ。

しかし、この光景のなごやかさは、完全なものではなかった。エス夫人の顔には、押えてはいるものの、どことなく不満そうな表情がひそんでいた。

その理由を察することは、すぐにできる。なぜなら、彼女はまだ四十まえで、若さと美しさとを多分に持っていた。これに反し、エス氏は七十歳を過ぎた老人だったのだ。

「あ。そろそろ、薬を飲まなくてはならない時刻のようだ」

と、エス氏は置時計の響きを耳にして言った。

「そうね」

夫人は宝石のついた腕時計を、キラリと光らせながらのぞきこみ、家のなかにもどってきた。そして、水をみたしたグラスと、薬の入った紙包みとを持って、彼のそばに来た。

「どうも、わしは薬とか医者というものが好きでない。だいたい、毎日きまった時刻に、かならず飲まなくてはならないというのは、面倒くさい」

と、彼はぶつぶつ言い、彼女は思わず口をすべらせた。

「それなら、むりにお飲みにならなくても……」

「いや。そうはいかんのだ。愛するおまえのためには、いやでも飲まなければならない」

彼女はあわててうなずき、失言の埋めあわせをつけた。

「あら、本当にそうよ。あなたに死なれでもしたら、あたしはどうしていいかわからなくなるわ。きっと、あたしもすぐに死んでしまうかもしれないわ。あたしのために、がまんしてお飲みになってね」

「ああ、そうするとも」

彼は顔をしかめながら、薬を飲み、軽いせきをした。彼女はなにげなく聞いてみた。

「どういうお薬なの、これは」

「むかしからの友人が調合してくれたものだ。親友の医者では、従わないわけにいかない」

エス夫人はそばをはなれ、グラスを片づけるために台所へむかいながら、小声でつぶやいた。

「いったい、なんの薬なのかしら。もし飲むのをやめたら、どんなことになるのかしら……」

この誘惑は最近になって、彼女の心のなかで一段と高まってきていた。いうまでもなく、単なる好奇心からではない。

四年という結婚生活は、彼女にとって予定していた以上の年月だった。都会での華やかな生活に、早くもどりたくてたまらなかった。もちろん、離婚なり、家出なりをすれば、すぐにも自由になれる。

しかし、多額なエス氏の財産、ほかに相続人がないため彼の死後は当然、自分のものになる財産。それを受取る権利を放棄して出て行く気にはならなかった。また、それでは初めからの計画にも反する。

結婚して一年目は、いまにも彼が死んでくれるのではないかとの、期待に胸をおどらせながら、なんとか毎日をすごした。

二年目。ひそかに死神に祈り、実現の早いことを願いながら、なんとか毎日をすごした。

三年目。彼は老人であり、あまり健康ではなく、外出を好まなかった。それにもかかわらず、死にそうな様子はなかった。彼女は計画がまちがっていたのではないかという、迷いとあきらめの気分をくりかえし、惰性によって、なんとか毎日をすごした。

四年目。あきらめてはいけない。待っていて、なかなか訪れてこないのなら、自分の手で実現させせなければ……。この決意をかためながら、なんとか毎日をすごしてきた。

そして、ついに実行する気になり、準備をととのえた。町へ買物にでたついでに、各種の薬品を買い集めてきたのだ。しかし、毒薬や劇薬のたぐいはなかった。そんなものを飲ませたら、発覚した場合に殺人罪に問われてしまう。

そろえた薬は重曹とか、アスピリンとかいう、つまらない種類だった。エス夫人は、新しいカクテルを作ろうとするバーテンのような気分で、味の同じものを作ろうとした。

食塩をふやしたり、砂糖をへらしたり、彼女はエス氏の目を盗み、この楽しい趣味に熱中した。何日かを費したあげく、なんとかごまかせそうな味の割合を、ようやく発見することができた。

つぎの日。エス夫人はいよいよ試みることにした。

「そろそろ、お薬のお時間よ」

彼女は水とともに、中身を入れ換えてある薬の包みを差し出した。

「やれやれ、また薬か。面倒くさくてかなわん」

「でも、お飲みにならなければだめよ。愛するあたしのために」

いつもは言いにくいこの文句も、きょうは心からの声となって出た。また、エス氏の口癖も、実感をともなって聞くことができた。

「そうだな。愛するおまえのためには、いやでも飲まなければならない」

彼は軽いせきをしながら、一気に飲みこんだ。薬ぎらいのため、味わって飲むなどということをしなかった。いつもとちがっていることには、まったく気づかない様子だった。

彼女はほっとし、目を輝かせながら、うれしそうに叫んだ。

「あなた、本当にあたしのことを、思っていてくださるのね」

「もちろんだとも」

芝居はめでたく初日を終えた。いや、考えてみると、彼女にとってはいままでの毎日が芝居の連続であり、これからが真の意味での生活だった。

「なんだか、おまえはこのごろ、きゅうに明るく、美しくなったたな」

「そうかしら。さあ、あたしのために、お薬を飲んでね」

「ああ、愛するおまえのために、いやでも……」

と、エス氏はしわがれたせきをしながら、薬を一気に飲む。

彼女はひそかに、手製の薬を調合し、中身を入れ換えつづけた。想像していたほどの、良心の呵責《かしやく》は感じなかった。毒を飲ませているのではないのだもの。

エス夫人は希望にあふれて、日々をすごした。幸運の日をたぐりよせる速度が、早くなっていることは確実なのだから。

しかし、いっこうに目立った変化はあらわれなかった。時どき、無限の糸をたぐっているような、不安に似た気分になることもあった。

どんな病気の薬なのかしら。高血圧のための薬かしら。彼女は料理に脂肪分を多く使い、塩味を強くしてみた。だが、エス氏は倒れるけはいを示さなかった。

それとも、心臓の薬なのかしら。彼女はふざけたようによそおって、驚かすことも試みた。だが、エス氏は心臓まひの発作をおこさなかった。

わけがわからないわ。まさか、重曹や砂糖をまぜあわせた、この薬のほうが効力があるのでは……。

本物の薬のほうは、定期的にエス氏の友人の医者から送られてくる。〈かならず連用して下さい〉という簡単な注意書きとともに。

彼女はそのたびに力を得て、中身を入れ換える作業をつづけた。そのかいがあったためか、気のせいかはわからなかったが、やがて、エス氏はいくらか弱ってきたように思えた。

「あなた、なんだか元気がないようよ。お医者さんを呼びましょうか」

彼は期待どおりの答えをしてくれた。

「わしは医者はきらいだ。弱ったのは年齢のせいだろう。だが、愛するおまえのために、あの薬だけは、いやでも飲みつづける」

彼女はいまさらやめるわけにもいかず、根気よく日課をつづけた。

そして、二年ほどたち、やっとエス氏は昇天していった。近所の医者は、

「老衰です。特に死亡の原因となるようなものは見当りません」

と言った。葬儀から埋葬まで、なんの問題もなく終了した。エス未亡人は、いささか張合いのなさを味わった。薬の効果はあったのかしら、なかったのかしら。


しかし、いまは経過のことはどうでもよかった。最初の計画どおりの結果を手にすることができたのだ。財産の相続もすみ、すべては彼女の自由になった。

この山荘も処分し、早く都会に移り、失った年月をとりかえさなければ。いまの世の中は、お金さえあればどんな楽しさも味わうことができる。

そんなある日。エス未亡人は一人の客を迎えた。年配の紳士で、見知らぬ男だった。

彼はおくやみの言葉を述べた。

「とんだことでした。さぞお悲しみのことでしょう。彼は心から、あなたを愛していたようです」

「ええ。あたしも彼を愛しておりましたわ……」

と彼女は答え、そして、聞きかえした。

「……彼のお友だちでいらっしゃいますの」

「そうです。医者をしております」

「では、いつもお薬を送ってくださった……」

彼女は目を丸くして相手をみつめた。

「その医者です。六年ほど、彼のために調合しつづけたことになりますね」

と、相手はうなずいた。彼女は質問したいことばかりだったが、まず、当りさわりのないところから手をつけた。

「そういえば、お代をお払いしなければいけませんわね」

「その点は、ご心配なく。友人としての贈り物のつもりでしたから。彼の幸福に役立ってくれればよかったのです。で、指示どおりに、毎日かかさず飲んでくれていたのでしょうね」

彼女はそしらぬ表情で答えた。

「もちろんですわ。薬ぎらいですのに、あのお薬だけは飲みましたわ。あたしを愛しているから、と言いながら……」

「そうでしたか。それはけっこうでした」

と、相手はうれしそうに言った。だが、エス未亡人は聞かずにはいられなかった。

「だけど、なんのためのお薬でしたの。死因は一種の老衰とかでしたわ。これといった病気ではなく……」

「ええ。彼はあまり頑丈な体質ではありません。ふつうの人より、老衰が早かったのです」

「それで、あのお薬は……」

「彼も、あなたには話しにくかったようですね。あなたと結婚するまえに、わたしは彼の健康診断をいたしました。そして、結核菌を持っていることを発見したのです。どんな治療薬にも耐性を持った、やっかいな種類の菌です」

「そうでしたの」

と、彼女はちょっと顔をしかめた。

「しかし、病状の進み方がおそいから、老衰のほうが早く来るだろうと計算し、このことは気にするな、と教えておきました。伝染性のものでしたが……」

「伝染ですって……」

と、青ざめながら声を高めた彼女を、相手は力づよくなぐさめた。

「ご安心ください。あの新薬を連用しているあいだは、菌の飛散が押えられ、伝染するおそれは決してないのですから。彼は薬ぎらいなのに、愛するあなたに伝染させまいとして……」

協力者

「……その事件のお話は、よくわかりました。あなたの伯父さんのなくなられたことについては、まことにお気の毒に思います」

　衛生関係の官庁の一室。役人はわけがわからないといった表情を浮かべていたが、口調はあくまでいんぎんだった。むかいあっている青年は、身をのりだしながら言った。

「たった一人の親類でした。ぼくには両親も兄弟もなく、血のつながりのあるのは、その伯父だけだったのです」

「さぞ、がっかりなさったでしょう。お察しします。それで、あなたがここにおいでになったのは、どんなご用ですか」

「伯父の死について、責任をとっていただけないかと思ったのです」

「なるほど。当官庁では、国民の健康な生活に関する仕事をしています。その延長として、死亡まで扱っているとお考えになったのでしょう。しかし、そのようなことは管轄《かんかつ》外です」

「すると、ほかの官庁ですか」

「そうですとも。お話によると、伯父さんは散歩に出かけ、橋の欄干によりかかった時、それがこわれて川に落ち、川の泥にはまりこんでなくなられた。いいですか。橋というものは、すなわち道路の一種です。この点から考えると、交通関係の役所の問題でしょう。橋の作り方が悪かったのなら、建設関係かもしれません。橋の資材が不良だったのなら、産業関係の役所です。川の泥がいけないのなら、河川を扱う官庁です。また、あなたはさっき、パトロールが時間通りに巡回していれば助かったかもしれない、とおっしゃった。それは警察の関係です。近くに電話がなく、連絡がおくれた点についてなら、通信関係の役所です。場所に重点を置いて考えれば、地方官庁かもしれません。その川は県境ですから、どちらの県に属するのかわかりませんがね。しかし、いずれにしろ、当官庁でないことだけはたしかです。いまあげた、ほかの役所にいらっしゃって交渉すべきことでしょう」

青年は一つ一つ、うなずきながら聞いていたが、

「じつは、それらの官庁は、もう全部まわりました。しかし、どこも同じ返事。うちではない、よそへ行け、です」

「しかし、どうです。常識でお考えになって、この役所が当面の責任をとるべきでしょうか。この衛生関係の役所が」

「正直なところ、そうは思いません」

と、答えながら、青年はちょっと笑った。相手の役人もほっとした様子になった。気ちがいでも、たちの悪い人間でもなさそうだとわかったからだ。

「では、なぜいらっしゃったのです」

「責任の所在がどこにあるのかと、関係のありそうな所をひとまわりしてみただけです。ここには、あまり期待をしていませんでした。しかし、あんな事故さえなければ、伯父ももっと長生きできたでしょうに。健康そのものでした。伯父としては心残りだったでしょう」

「その点については、お察しします。で、そのためにあなたの生活が苦しくなり、困窮状態と認定できるものでしたら……」

「いや。その点はご心配なく。もう、この問題は打ち切りにします」

青年は手を振り、やれやれといった顔の役人を後に、おとなしく役所を出た。そして、郊外にある自分の家へ、このあいだまでは伯父のものであった家へと、帰路についた。

伯父が死んで生活が苦しくなるどころか、青年の生活ははるかに向上した。少し前までのこの青年の生活は、ひどいものだった。

青年の生活態度が感心しないものであったためか、伯父の性格が極端なけちであったためかはわからなかった。おそらく、その両方であったろう。伯父は立派な邸《やしき》に住み、巨額な財産を持ち、召使いまで使っていながら、青年には少しも金を、小遣い銭ていどのものさえ渡さなかった。青年はたえずねだりに行き、伯父はたえず断わった。

それがくりかえされるにつれ、青年の人生観はさらに感心しないものに変化した。つきあっている、たちの良くない仲間の一人に、こう持ちかけてみたのだ。

「どうだ。伯父の家に泥棒に入るつもりだが、手伝ってくれないか。内部のようすは、なにもかも知っている」

「手伝ってもいい。うまく行きそうだし、山分けとは悪くない」

「おい、だれが山分けと言った。手伝い料は一割だ」

「では、ごめんだね。強盗までやって、そんな分け前では」

「いやならやめろ。山分けなどとは、とんでもない話だ。いずれは、おれの財産になるのに……」

と言ってみたものの、いずれ、という時期は当分きそうになかった。健康そのものの伯父は、ちっとやそっとでは死にそうにない。へたをすると、だらしのない生活をしている自分のほうが、先に死なないとも限らない。そんなことになったら、まったく面白くない。

といっても、青年は一人ではなにもできない男だった。そこで、こんどは殺人を代行してくれる者をさがし、たのんでみた。

「どうだろう。伯父を片づけてもらえないだろうか。うまくゆけば、全財産がこっちの手に移ってくるのだが」

「ひきうけないこともない。だが、報酬はどれくらいもらえる」

殺し屋は金額の交渉にうつり、けっこう高いことを主張した。青年は高すぎるとは思ったものの、泥棒に入るのとちがって、全財産が手に入るのだ。それに、相手はまけてくれそうになく、結局それに応ずる決心をした。

「よし、それだけ払うことにしよう」

「では、ひきうけましょう。ところで、手付け金として、その半額をいま渡してほしい」

「とんでもない。すんでからだ」

「とんでもない。立て替えておけ、というのか。そんな条件で引きうける殺し屋など、絶対にあるものか。あとで知らん顔をされたらおしまいだ。お断わりだね」

青年はがっかりした。未来の財産が担保では、だれも金を貸してくれない。八方ふさがり。伯父の金を手に入れることは、とても不可能らしく思えた。幸運の日は、いつ訪れてくれるのだろう。伯父を殺してくれる者が、だれかあらわれてくれないものだろうか。

しかし、幸運の日はそれからまもなくして、とつぜん訪れてくれた。散歩にでかけた伯父は、橋の欄干によりかかり、それがこわれて川に落ち、泥にはまって死んでしまったのだ。青年にとっては思いがけない喜びだった。あんな高い殺し屋などにたのまなくてよかった。こうことが進行してくれるのなら。

そして、青年は夢に見つづけてきた状態になることができた。家、金、召使い……。

このような回想にひたりながら、青年はいまや現実に自分のものとなった家に帰りついた。召使いは出迎えて、こう報告した。

「おかえりなさいませ。さきほどから、お客さまがお待ちになっていらっしゃいます」

「だれだ」

「役所のかただそうですが」

青年はそれを聞いて首をかしげた。どこの役所だろう。ひととおり回ってみたが、どこでも相手にしてくれなかった。彼は興味を抱きながら、その客にあいさつをした。

「お待たせしました。どちらのかたでしょうか」

「税務署からまいりました。おたくの相続税のことについてです」

しかし、ずっと貧乏ぐらしをつづけてきた青年には、なんのことかよくわからなかった。

「そんなものがあるとは知りませんでした。それで、どれくらい払えとおっしゃるのです」

「ざっと、こんなところでしょう」

相手の示した数字を見て、青年はしばらく、まばたきをやめなかった。

国家という殺し屋も悪くはない。前金をよこせなどとも言わなかったし、すんだあとまで、つきまとおうともしない。また、だれが犯罪の責任者ともわからない、巧妙きわまる方法でやってくれた。これらの点については、心から感謝している。しかし、それだけに請求してくる報酬も高いな。まったく、こんなにも高いとは……。

狂気と弾丸

N氏は二三日の休養をとろうと思って、シーズン・オフの観光地にやってきた。静かで温泉があり、眺めがよく空気もよい。だが、ここでN氏を待っていたのは、あまり面白くない状態だった。出迎えた旅館の番頭がこう言ったのだ。

「いらっしゃいませ。ところで、ご予約いただきました離れのほうでございますが、あいにく、ぐあいが悪くなりました。本館のほうにお泊り願えませんでしょうか」

「それはなぜだ。いまの季節なら、満員ということはないだろう」

「はい、満員のためではございません。警察からちょっとした注意があったのです。じつは、少しはなれた町にある精神病院から、患者がひとり逃げたそうです。そんなのがうろついていては、あまりいい気持ちではございませんでしょう」

「その患者が色情狂の美人ならば、ちょっとした気ばらしになるかもしれない」

「とんでもございません。ぱっとしない中年の男だそうです」

「凶暴なやつかね」

「べつに、そうではないようです。拳銃《けんじゅう》をつきつけられ、すっかりおびえて頭にきてしまったそうです」

「拳銃をつきつけられれば、だれだっておびえるだろう」

「普通ならおびえるだけです。しかし、その男は度がすぎています。オモチャの拳銃だったにかかわらず、引金がひかれたとたんに、胸を押えて倒れてしまったのです」

「それで」

「自分では本当にうたれたものと思いこんでしまったのですよ。弾丸の摘出を早くやってくれと叫びつづけ、医者がなんともないといくら説明しても、なっとくしませんし
「うむ、恐怖のショックで異常をきたしたわけだな。気の小さいやつだ」

「異物妄想とでもいうのでしょう。実際にはありもしない弾丸を、あると思いこんでいるのですから。医者は仕方なく、手術らしきものをやりました。ちゃんと麻酔をかけ、切開し、その想像上の弾丸をとり出すふりをし、あとを縫い合せたそうです。本人も、それでやっと安心したという話です」

「正気になったのかね」

「それはわかりません。そこで、もう少し様子をみるために入院させておいたそうで

すが、その患者が逃げたというわけです」

「なるほど、そうだったのか。しかし、とくに危険な人物とも思えない。さしつかえなければ、泊りなれた離れのほうがいい」

「さようでございますか。それはお客さましだいです。では、万一のことがありましたら、ベルをお押し下さい。すぐにかけつけますから」

かくして、N氏は離れにとまることになった。温泉につかり、食事をおえ、彼はすっかりくつろいだ気分になった。都会とはくらべものにならない静かさのなかで、夜がしだいにふけていった。

そのうち、彼はまわりを歩く足音を聞いた。いくらか不審に思ったが、すぐにこう考えをまとめた。旅館のものが見まわりをしてくれているのだろう。気の毒なことをした。そう手数をかけるのなら、本館のほうの部屋でもよかったのだ。だが、いまから移るわけにもいかない。チップでも渡しておくか。

N氏は戸をあけ、声をかけた。

「夜おそく、ごくろうさま」

すると、そとの足音は近づいてきた。その男は黙ったまま、部屋のなかにはいってきた。見ると、片手に猟銃を持っている。

「ずいぶん物々しいかっこうだな。それほどのさわぎでもないだろう」

相手の男はやはり黙ったまま、銃の先をN氏にむけた。

「な、なにをする。危いじゃないか。いったい、おまえはだれなんだ」

と、N氏はあわてた声で聞いた。相手は抑揚のない口調で、はじめて答えた。

「しばらく前に、病院をぬけだしてきたのだ」

N氏は青くなり、まばたきをした。まばたきをしながら相手を見ると、番頭の話の、気の小さい、ぱっとしない中年男というのに符合した。これがその患者だったのか。

恐怖は人をおしゃべりにする。N氏も黙っているのが不安で、相手に話しかけた。

「なんのために病院をぬけだしたのだ」

「復讐《ふくしゅう》のためだ。おれは理由もなく弾丸をうちこまれ、ひどい目にあって苦しんだ。だから、おれも同じことをやってやるのだ」

こう言いながらも、その男はN氏に銃口をつきつけたままだった。N氏が動くと、銃口もそれにつれて動く。狂っているくせに、ねらいだけは狂っていないようだった。

「そんなむちゃな。第一、きみをうったのは、わたしではない……」

と言いかけたのを、N氏は途中でやめた。常識を基礎にして話しあって、それが通用する相手ではなさそうだ。

この男はうたれたと信じているのだし、N氏をその一味とでも思って、復讐をはじめるつもりでいるのだ。これを説得することは不可能だろう。ちょうど正気な人間から、二の三倍は六である、という常識を奪おうとするのと同じことだ。

N氏は部屋のなかを少し移動し、ベルを押した。まもなく、だれかが来てくれるだろう。さいわい、ベルを押したことを相手に気づかれなかったようだ。あとは、なんとか時間をかせぐことだ。

「待ってくれ……」

とN氏は心からの叫びをあげた。相手は意外にもうなずいた。

「よし、少しぐらいなら待ってやろう。ただし、ひとが来るまでだ。だれかがやって来るけはいがしたら、すぐに引金をひく」

ほっとしかけたN氏は、さっき以上に青くなった。ベルなどを押さないほうがよかったのだ。これでは、自分の貴重な持時間を、自分でちぢめてしまったことになる。

のどが渇き、声が出そうになかったが、黙っていることは許されなかった。むだとは思いながらも、N氏は最後の運をかけて説得をこころみた。

「まあ、よく話しあおうじゃないか。理由はどうあろうとも、復讐ということはよくないと思うが」

「そう自分勝手なことを言わないでほしい。復讐がいい悪いは被害者のほうできめることで、加害者のほうできめることではないだろう」

肝心なところは狂っていても、それ以外の点となると筋が通っている。N氏はさっき番頭から聞いたことを持ち出してみた。

「うたれたというのは、きみの妄想なんだよ。きみはなんともなかったんだ」

「勝手なことを言って、ごまかそうとしてもだめだ。おれはうたれたのだ。うそだと思うなら、これを見てくれ。弾丸をとり出したあとだ」

相手は銃をかまえたまま、胸を少しはだけた。そこには手術のあとがあった。いまいまましい医者め、なんでもないのを手術すると、こんな形で第三者に被害が及ぶ。N氏はすきを見て飛びかかろうとしたが、へたをすればなにもかも終りになる。どうもその行動には移れなかった。

「その手術は、じつはなんでもなかったんだ」

「なんでもないのに手術をするか。いいかげんなことを言うな」

相手の銃口はN氏の胸に近づいた。N氏の背中を冷汗が流れた。歯はカスタネットのような音をたてていた。

「ああ、助けてくれ。やめてくれ」

N氏は悲鳴をあげたが、相手は首を横にふった。

「だめだ。ここまできて中止するわけにはいかない。おれは必ず復讐しようと誓ったのだ。手術のなおるのを待って、さっそく病院をぬけ出し、山に逃げた。山のなかをうろついているうちに、猟師の小屋をみつけた。のぞいてみると、銃がおいてあった。おあつらえむきの話じゃないか。これさえあれば、あとは簡単だ。おれはじつに運がいい」

N氏は心のなかで、おれのほうはまったく運が悪い、とため息をついた。こんなつまらない死にかたはない。ふつうの人間なら、あとで法律が罰してくれるだろう。だが、こんな男に殺されては、殺され損だ。なんの意味もなく死ぬことになる。逃げれば、相手がすぐ引金をひくだろう。また、逃げなくてもまもなく殺される。なんとかならないものだろうか。だが、どう考えても方法はなさそうだった。考えようにも、銃口が胸に迫っていては、いい考えだって出てこない。N氏は目を見開いたまま硬直してしまった。

もはや、救いは残っていない。いや、さっき押したベルによって、まもなく救いは来るのだが、そのとたんに死ぬことになる。

そして、ついに死をもたらす救いが近づいた。本館のほうから、数人の足音が聞こえてきたのだ。

N氏は残った力で目をつぶろうと試みたが、その筋肉も動かなかった。

「お客さん。どうかなさいましたか」

つづいて戸をあけるけはい。旅館の人たちはこの有様を見て、銃を手にした男に飛びついた。だが、引金に指をかけて待っていたほうが早かった。狂人は引金をひき、N氏は床に倒れた。

連絡によって医者と警官がかけつけてきた。

「逃げた患者が銃を手に入れるとは、思いもよりませんでした」

「しかし、まあよかったですよ。ありもしない弾丸を、あると思いこむ病状の男で。ふつうの人間だったら、銃といっしょに弾丸を盗み出したでしょう。けが人がでないで、なによりでした」

そして、一人の正気な男と、一人の狂人とを自動車にのせて連れていった。いうまでもなく、復讐を終えて正気になった男と、恐怖のために狂い、「早く弾丸を摘出してくれ」と苦しがっているN氏とを。

天罰

小さな家に、エス氏はひとりで暮していた。一日の大部分は、なにか考えごとをしてすごしていた。時には、ぶらりと外出もする。だれにも留守番をたのまなかったが、空巣に入られる心配はしなかった。

なぜなら、いちおう戸締りをしたし、また、たとえ忍び込んだ者があったとしても、盗むにあたいするような、金目の品はほとんどなかったのだ。

洋服は外出の時に着て出るから問題ない。寝具を大きな風呂敷《ふろしき》に包み、背負って運び出すのは、昔の泥棒しかやらないことだ。食器類などは、進呈すると言われたとしても、ありがたい品ではない。どうみてもエス氏は、盗まれる側の人間ではなかった。

もっとも、この家に不釣合いなほど立派なものが、ひとつだけあった。だが、これも盗まれる可能性のない品だった。大きく新しい神棚だったのだから。

これはエス氏が最近、どこかで買ってきたものだった。それ以来、彼は夜になるとお灯明をあげ、わけのわからないお祈りの文句を、長いあいだとなえつづける。

その声は、道を通る人の耳にも聞こえた。近所の好奇心の強い人のなかには、わざわざ立ち寄ってみる者もあった。しかし、エス氏は熱心にお祈りをつづけていて、話しかけても返事をしない。たいていの人は、あきれて帰ってしまう。だが、お祈りの終るまで待った者は、話をすることができた。

「たいへんなご信心ですね」

すると、エス氏はもっともらしい顔で答える。

「どうも失礼しました。礼拝の時間を、だれにも中断されたくありませんので」

「そうでしたか。しかし、なんで急に、神さまに熱をあげる気になったのです。あなたらしくありません」

「じつは、ごらんのような貧乏ぐらしがいやになりました。そこで、神さまに祈って、金をもうけさせていただこうというわけです」

「なるほど。信仰も悪くはありませんが、どこかに勤めて、まともに働いたらどうなのです。天は自ら助ける者を助ける、とか言われていますよ」

「いや。この神さまは金をもうけさせてくれます。お祈りをすれば、かならずご利益《りやく》があります。どうです、あなたもお祈りをしませんか」

「どうもね……」

みなは、あたふたと引きさがる。

エス氏は日課のように、夜のお祈りをつづけた。そのため、声が聞こえてくるあいだは、

「あんなことで金のもうかるはずはない」

「頭がおかしくなったのではないか」

とうわさしあって、だれも訪れてこなくなった。

それを察したエス氏は、かねてよりの計画にとりかかった。まず、テープレコーダーを買ってきて、自分のお祈りを録音した。装置はその声を、忠実に再生してくれる。

そして、ある夜。彼はいつものごとく神棚にお灯明をあげ、

「おかげさまで、うまく金がつかめそうですよ、神さま」

と、つぶやき、あとのお祈りはテープにまかせた。こうしておけば、だれも訪れてはこないし、また自宅にいた証明にもなる。

エス氏はそっと家を出て、まえから目をつけておいた宝石店に、強盗に入った。顔はかくしているし、指紋は残さないように注意した。からだつきと声はごまかせないが、それだけでは絶対的な証拠にならない。彼は店員をおどし、金を奪うことに成功

した。

万事は順調だった。あとは一刻も早く家に戻り、テープレコーダーと金とをかくし、そしらぬ顔をしていればよい。ずっと家にいて、お祈りをしていたという主張を、みなが認めてくれるにきまっている。

しかし、エス氏は家に帰りつくことができなかった。帰るべき家がなくなっていたのだ。うろうろしていると、声をかけられた。

「とんだ災難でしたね」

エス氏はわけがわからず、思わず聞きかえした。

「なにがおこったのですか」

「火事ですよ。発見がおそかったので、お宅は全焼でした。お留守だったのですね」

「ああ……」

と、エス氏はため息をつき、がっかりしてすわりこんだ。お灯明が倒れでもしたのだろう。すべての計画は、文字どおり灰になってしまった。

無表情な女

単調な響きをくりかえしながら、列車は走りつづけていた。窓外の景色は、広々とした畑から林に移ったり、小さな町を抜けたりした。また、遠くに海が見えたりもした。

ひとりの若い女が、窓ぎわの席に腰をかけていた。彼女はずっと、行儀のいい姿勢をくずさなかった。上等というわけではないが、きちんとした身なりをし、ひざの上には小さなカバンとハンドバッグをのせ、手で押えている。列車が駅で停車しても、彼女は窓をあけて弁当や雑誌などを買おうともしなかった。ただ景色を、ぼんやりと眺めつづけているだけだった。

とある駅で青年が乗り込んできた。彼は車内の通路を歩き、その女の隣の空席をみつけ、彼女に聞いた。

「そこはあいているのでしょうか」

「ええ……」

彼女の答えは無表情な声だったが、べつに拒否もしなかった。青年はそこに腰をおろした。彼は雑誌を開き、それに視線を走らせていたが、やがてそれも読み終り、タバコを吸いはじめた。時間をもてあまし退屈してきた様子だった。彼は何回かためらったあげく、話し相手を求めて、隣の女に声をかけてみた。

「どちらまでおいでなのですか」

「さあ……」

女はまたも、短く無表情に答えただけだった。だが、青年はそれをきっかけに、つぎつぎと話しかけた。

「予定や目的地をきめない、気ままな旅というわけですね。うらやましいですな」

「さあ……」

「休暇をお楽しみなのですか。それとも、絵か写真の題材でも求めてのご旅行ですか」

「さあ……」

女は青年のほうを見ようともせず、何回も同じような、気のない返事をくりかえした。青年は少し反省し頭をかきながらいった。

「いや、これは失礼しました。とつぜん、なれなれしく話しかけたりして、お気を悪くなさったのでしょう。しかし、ぼくはけっして怪しげな男ではありません。ちゃんとした新聞社につとめ、いまは調査のための出張の帰りなのです。話し相手になっていただけませんか」

そして、身分を示すため、名刺をさし出した。しかし、女はそれを手にしようともせず、あいかわらずの声で答えた。

「さあ……」

青年は少し不愉快になり、話しかけるのをあきらめた。ずいぶん失礼な女だ。お高くとまっているのか、こっちを警戒しているのか、とりつくしまがない。あるいは、耳が遠いのだろうか。いや、そうとも思えない。話しかけると、簡単な返事だけはするのだから。とにかく、わけがわからない女だ。

見たところはすなおそうな感じだが、犯罪にでも関係して逃げているのだろうか。それとも、頭がおかしいのかもしれないな。青年はこう考え、また雑誌を開いた。そして、さっき読んでしまった個所を、つまらなそうに眺めはじめた。

青年の考えたことは、ある意味では当っていた。犯罪に関係している点と、頭がおかしいという点で。といって、彼女は犯罪者でもなければ、精神異常者というわけで

もなかった。

彼女の住んでいた港町とT市とのあいだで、このような長距離電話がかわされたのが、ことのおこりだった。

「おい。例の品はどうなった。まだ入荷していないのか」

と、T市の男の声がいい、港町の男の声が答えた。

「ああ、密輸のダイヤモンドのことだろう。無事に手に入り、いまここにある」

「そうか。では約束どおり、さっそく届けてくれ。こちらでの販売の手はずは整えてある。前金もすでに受け取ってある。早いところ引き渡さなければならないのだ」

「それぐらいは承知している。しかし、軽々しくは動けない状態なのだ。警察もうすうす感づいているらしいし、商売がたきは横取りをしようとねらっている。自分で持って運ぶのは、どうも危険だ」

「なるほど、事情はわかった。しかし、こっちは至急に現物が必要なのだ。といって、そっちに人を出張させる余裕はない。持って来られないのなら、送ってくれ」

「送るといっても、まさか普通小包で送ることもできまい。紛失したら一大事だ」

「書留にすればいいだろう」

「それも危険だ。万一、発覚したときに、郵便局のその控えが、証拠書類になってしまう。われわれのあいだで取引きがなされたことが、はっきり残ってしまうのだぞ」

「それもそうだな。それなら仕方ない。だれか信用のできる仲間にでも持たせ、運ばせてくれ」

「それも心配だ。信用できる仲間もないわけではないが、なにしろ大量のダイヤだ。けっしてあけるな、と念を押せば、かえってあけてみたくもなるだろう。そして内容を知ったら、どう気が変るかわからない。つまり、持ち逃げだ。それを考えると、安心して任せることができないのだ」

「困った事態だな。となると、運搬方法がないというわけか」

T市からの電話の声は、詰問《きつもん》するような、あせった口調になった。しかし、港町の男は自信ありげな声で答えた。

「いや、全然ないというのではない。非常手段がひとつある。それを使おうと思っている」

「どんな方法だ」

「近所の洋裁店に、旅行の大好きな女の子がいる。旅費を出してやれば、見物がてらに大喜びで出かけてくれるだろう。それに託せばいいのだ。これなら怪しまれることはない。大量の宝石をそんな女の子が持ち歩くとは、だれも想像もしないはずだ」

「それはそうだ。おれだって想像もしなかった。まさか、本気じゃないのだろうな。女の子だって好奇心は強い。旅行させてもらえる理由を知りたがって、根ほり葉ほり聞くだろう。いいかげんな説明では満足しないだろうし、興味を抱いてカバンのなかをのぞいたら、それで終りだ」

「まあ、普通なら、そうなるだろうな」

「いやに自信がありそうだが、普通ではないというのか」

「ああ、つまらない好奇心を起こさないように手を打つ」

「どういうことだ」

「催眠術を使う。かつて、興味を持って、かなりくわしく研究したことがあるのだ。

女性のほうが催眠術にかかりやすいから、ちょうどいい」

「しかし、よくは知らないが、催眠状態で旅行させるのは、危険がともなうのではないのか」

「催眠状態で旅行をさせるのではない。催眠状態にして命令を与え、さめさせるという方法だ。本人はなにも覚えていないが、その命令は暗示となって心に残り、その通りに行動する」

「そんなことができるのかな」

「できるとも。催眠中に〝手をたたいたらコップの水を飲みなさい〟と暗示を与えておくと、さめてから無意識にその通りに動く。この程度なら何度かやってみた。だから、大丈夫うまくいくだろう」

「で、どんな命令を与えるのだ」

「このカバンを持って行け。なかをあけるな。手から放すな。他人から話しかけられても、あまり答えるな。T駅で下車しろ、と」

「なるほど。その暗示が効果を示すものなら、カバンを手から放すこともなく、おき忘れたりはしないだろう。また万一、奪われそうになったら、必死で抵抗するだろう」

「ああ、催眠中の暗示でも、犯罪に関係があるなど、自己の意志に反する命令は効き目がない。しかしこの場合は、カバンを運ぶだけであり、本人は悪い事をするとは知らないのだから、成功うたがいなしだ」

「説明を聞いてみると、みこみのある方法のようだな」

「その女の子の服装や乗る列車の時刻は、あとで打ち合わせよう。T駅に出迎えて受け取ってくれ」

「そうしよう。しかし、暗示がきいていて、カバンを渡してくれなかったらことだぞ。無理に取りあげようとして、女の子相手に駅で騒ぎをおこしたら、水の泡となる」

「いや、合言葉をきめておけばよい。その言葉をいわれたとき、女が反射的にカバンを渡すよう、暗示をかけておく。それで彼女の心の束縛は全部消え、あとにはなにも問題は残らないというわけだ」

「で、どんな言葉にするのか」

「そうだな。このまぬけ野郎、というのはどうだろう。おとなしそうな若い女にむかって、この言葉をどなる者もいまい。したがって、無事にそっちの手に届くわけだ」

「よし、わかった。待っているぞ……」

単調な響きをくりかえしながら、列車は走りつづけている。女はずっと姿勢をくずさない。隣の席の青年は雑誌を読みかえすのにも飽き、さっきから、うとうと居眠りをしていた。

女はとつぜん、青年に声をかけた。

「T駅はまだでしょうか」

心の底にたたきこまれている暗示の力は、T駅での下車の義務感を、彼女に強く及ぼしていた。そのため、彼女はそれを確認しなくてはいられなくなり、思わず言葉に出てしまったのだ。

「なんですって」

と、青年はねぼけ声をあげた。彼女は青年に顔を近づけ、くりかえして聞いた。

「T駅はまだでしょうか」

青年はむらむらと腹をたてた。さっきは、あれだけ話しかけたのに相手になってくれず、いまになってなんだ。まもなくT駅だぐらい、わざわざ聞かなくったって、わかりそうなものだ。それに、眠いところを不意に起こされたので、一段ときげんが悪かった。彼はつぶやくようにいった。

「このまぬけ野郎」

しかし、青年は目をこすり、頭がはっきりするにつれ、すぐにあやまった。

「これは失礼しました。つい、ねぼけていて……」

だが、頭がはっきりしたにもかかわらず、彼は狐《きつね》につままれたような気分になった。女がカバンを、とつぜん彼に押しつけたのだから。そして、呆然《ぼうぜん》としている彼をあとに、女はハンドバッグだけを持って、べつな車両に歩いていってしまったのだ。

しばらくして、青年はわれにかえった。それから、しげしげとカバンを眺めた。どういうことなのだろう、これは。あけてみようとしたが、鍵《かぎ》がかかっている。こじあけることは気がとがめた。まともな新聞社につとめている身では、軽率なことはできない。

彼はこう考えた。まもなくT駅だ。下車したらすぐに、警察に届けることにしよう。特だねにでもなればもうけものだが、あまり期待しないほうがよさそうだ。たいしたものが入っているわけはない。へんな女がおいていったカバンなのだから。

ささやき

部屋の片すみにある記憶装置が、ベルの音をひびかせた。やわらかい寝椅子《ねいす》の上で昼寝をしていた私は目をさました。手を伸ばして、そばにあった銀色の小さな噴霧器を取った。ボタンを押すと、覚醒剤を含んだ霧がわき出してくる。それを吸いながら、私は装置に聞いた。

「おい、なにを知らせようというのだ」

装置のスピーカーは正確な口調で、私に注意を与えてくれた。

「はい、きょうは二〇三〇年、七月一日でございます。あなたのための、クラス会のパーティーでございます。出席なさることになっております。はじまるのは六時。ただいまは五時。そろそろおしたくをなさらなければなりません」

この記憶装置はなにもかも覚えていてくれて、順序を追って、私に注意を与えてくれる。地球の生活は、しばらくのあいだに一段と進歩した。

私は学校を出るとすぐ、火星の開拓地に働きに出かけた。そして、五年ぶりに地球に帰ってきた。それを祝って、学校の時の同級生たちがパーティーを開いてくれるのである。

「そうだったな」

と、私はつぶやき、手ばやくシャワーをあび、外出用の服に着かえた。それから、壁のボタンを押した。それに応じて、壁のなかから電話機が出てきた。録音による女の声が問いかけてきた。

「どちらにおかけになりますか」

「R万能サービス会社にたのむ」

「はい、少々お待ち下さい」

つづいて、カチカチいう音がして、まもなく相手が出た。

「こちらはR万能サービス会社でございます。どんなご用命でございましょうか」

「これからクラス会に出かけるところだが、どうも困ったことがあるのだ」

「どんなことでございましょう」

「わたしは卒業いらい、五年ほど火星で働いてきた。そのため、パーティーの作法などを、すっかり忘れてしまった。わたしのための会なので、出なければならないが、あまりみっともないことにならないようにしたい」

「ごもっともでございます」

「そこで思いついて、電話をしてみたわけだ。聞くところによると、そちらはあらゆる方面で知恵を貸してくれるそうだが、なにか、いい方法はないものだろうか」

「よろしゅうございます。お手伝いいたしましょう」

「それはありがたい。助かった。で、どうすればよいのだ」

「配達パイプで、すぐに超小型イヤホーンをお届けいたします。それを耳にさしこんでお出かけ下さい。どんなに振舞ったらいいかを、当社からの無線で、つぎつぎと指示いたします。その通りになされば、恥をおかきになることはございません」

「よろしくたのむ」

電話を終ってしばらくすると、そばの壁の穴で音がした。配達パイプを通って、空気の力で小さな箱が届けられたのだ。開いてみると、請求書とともに、小さなイヤホーンが入っていた。

耳に入れてみると、うまくおさまり、鏡にうつしてみたが、ひとには気づかれそうになかった。はたしてうまく行くのだろうか。いくらか心配ではあったが、伝統を誇るR万能サービス会社を信用して、やってみることにした。

ヘリコプター・タクシーを呼び、会場に出かけた。しばらく会わなかったので、どの友人を見てもなつかしかった。

やがて、耳のなかで指示のささやきがはじまった。

〈さあ、タバコを出して、相手にすすめなさい〉

私はポケットからケースを出した。

「どうです。お吸いになりませんか」

そばにいた友人は、一本を手にした。

「や、ありがとう。ところで、火星の話をしてくれないか。みんな、聞きたがってる」

私はちょっと困った。地球から眺めれば小さい星だが、行ってみれば一つの大きな惑星だ。そう手短かに話せるものではない。

しかし、すぐに耳のなかに指示があった。火星の光景、現在の開発状態について、手ぎわよくまとめた文句が聞こえてきた。私は時どき首をかしげ、考えるふりをしながら、その通りに話した。

まわりの友人たちが興味深く聞いてくれたので、私はほっとした。自分では、こううまくは話せない。つづいて、また指示が聞こえてきた。

〈ここで笑わせるのです……〉

そして、火星を舞台にした小話《こばなし》を教えてくれた。火星にいた私さえ聞いたことのないものだった。だが、それを話すと、みなは大いに笑ってくれた。

こうしてパーティーは、私が心配したようなこともなく、順調に進行した。耳のなかのささやき通りにしていればいいのだ。時どき〈酒を飲みすぎないように〉とか〈ぼんやり立ってないで、そばの人にこう話しかけろ〉とか〈そら、いっしょに笑え〉などと、教えてくれた。

私はそれに従い、従うことによって、万事はスムースにいった。少しも恥をかくことなく、楽しさにあふれた宵をすごすことができた。

つぎの日。

R万能サービス会社への支払いは、銀行に電話するだけですむのだが、私は持参することにした。昨晩、私のために熱心に指示を送ってくれた係に会って、直接にお礼を言いたかったのだ。

受付でその旨《むね》を伝えると、まもなく担当の社員があらわれた。私は彼の手をにぎり、心から感謝の言葉をのべた。

「なんとお礼を言っていいのかわからないほどです。おかげで、ぼろも出さないですみました。ありがとう」

「けっこうでした。お役に立って」

「しかし、よくあれだけ勉強したものですね。火星については、わたしよりくわしいほどだ。たいへんだったでしょう」

「いえ、あれはわたしではありません」

という答えに、私は文句を言った。

「おい、なんだって。わたしが来たのは、その人にお礼を言いたいからなんだぞ」

社員はためらったが、私は無理にたのんで、やっとその本人に会わせてもらうことができた。

「あれです」

社員の指さした物を見て私は驚いた。

「なんだ。あれは幅の広い録音テープじゃないか。なるほど、そうだったのか。しかし、あのテープだけで、よくほかの友人との話が合ったものだな」

その答えもまた、私を驚かせた。

「いえ。ほかのみなさんも、あのテープから送られる指示をお受けになっていたわけです。あのテープは、火星帰りの人を迎えるパーティー用のものです。だから、すべてが一糸乱れずに進行したのでございます」

「そうとは知らなかった……」

と、私はため息をついた。しばらく地球を留守にしたが、そのあいだにも世の中は一段と進んでいる。私は持ってきた代金を手渡した。

「ありがとうございます。また、ご利用のほどを」

社員はていねいに頭を下げた。その時、私が昨夜使ったイヤホーンと同じようなものが、彼の耳から落ち、床の上をころがっていった。

午後の出来事

ある暑い夏の日の午後。ひとりの医者が自分の診察室のなかで、ぼんやりと顔の汗をふいていた。汗は白衣のところどころにも、しみとなってにじみ出ていた。医者とはいっても、彼は内科や外科のような、ふつうの医者ではなかった。神経科というのがその専門だったのである。

眠れないとか、いらいらするとかいった患者をおもに扱い、このところ、ちょっと忙しかった。それは暑い日がしばらくつづいたせいであったかもしれない。気温があがると、人びとはどうしても、どこかしら少し体に変調をきたす。

しかし、きょうは特に暑さがはげしかったが、朝からあまり患者はこなかった。

「うむ。あまり暑すぎると、だれもかれも休暇をとって、避暑にでかけたり、家で寝そべったりして、わしの所へも来る気がしなくなるのだろう。どれ、こっちも昼寝でもするか」

彼はこうつぶやき、そばにある患者用の長椅子《ながいす》にかけようとした。その時、ドアを

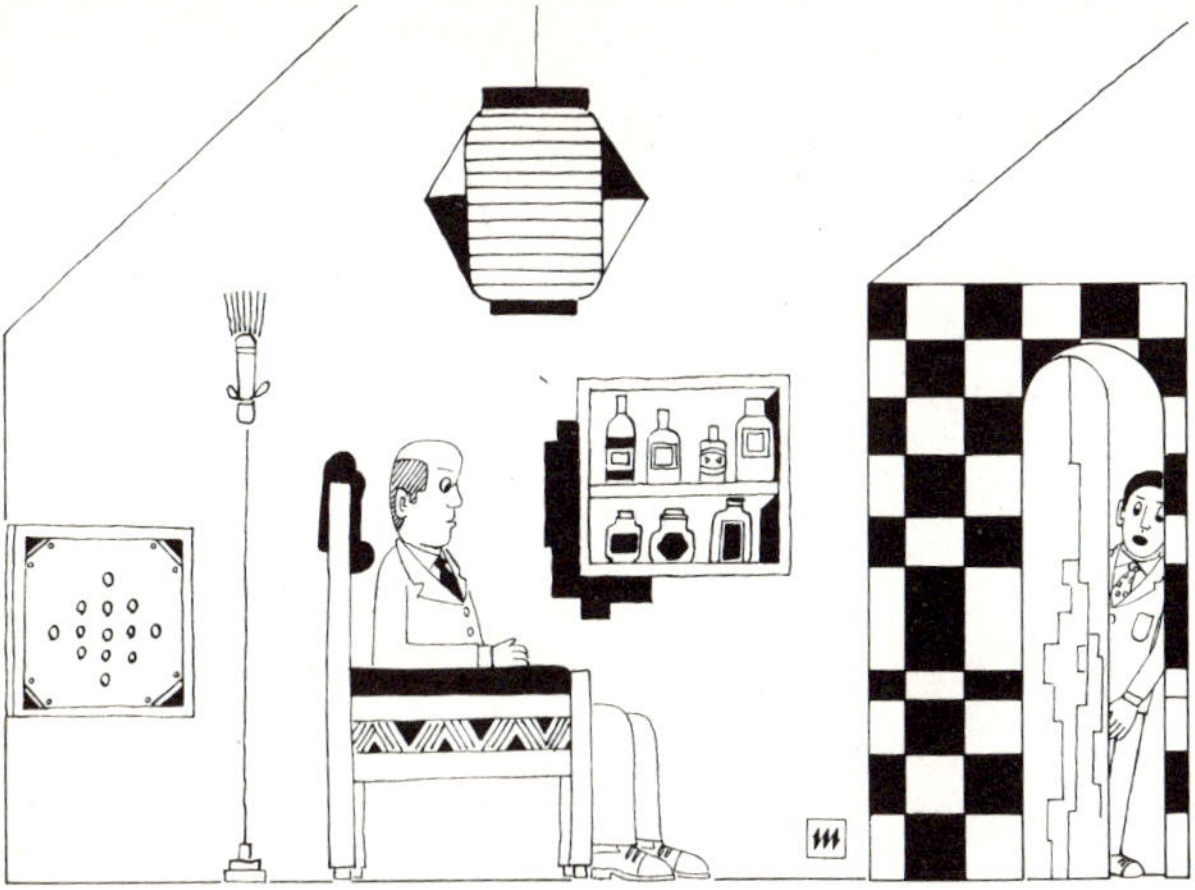

あけて、一人の青年が入ってきた。

「あの、入ってもよろしいでしょうか」

青年はおそるおそる頭を下げた。医者はそれに対して、手まねきをしながら答えた。

「さあ、どうぞ。お入り下さい。ぐあいの悪い人が医者を訪れるのに、遠慮することなどありません。そこにおかけ下さい」

医者は青年を机のそばのふつうの椅子にかけさせた。青年はなにから話したものかと、もじもじしている様子だった。

「さて、どんなふうなのです」

医者はメモを用意し、住所、名前などを書きとめ、質問をはじめた。

「それが、ええと……」

「恥ずかしがったり、心配することはありません。悪い夢でうなされるのですか」

「いえ、あれは夢ではありません。ひるまのことですし、それに、眠ったおぼえもないのです」

「さあ、どんなことなのか、くわしくお話しになって下さい」

と医者は先をうながした。

「はい。わたしは大学生です。いまは夏休みなので、うちで勉強しています。きのうの午後も、いつものように自分の部屋で勉強をしていました」

「なるほど。その時、なにか事件がおこった。あるいは、幻覚のようなものを見たというわけですね」

「いえ、なにもおこりません。幻覚を見たような記憶もありません」

「それなら、気にすることもないではありませんか」

と、医者はちょっと首をかしげたが、青年はかまわずに話をすすめた。

「しかし、なにもおこらないのに、入場券が破けたりはしないでしょう」

「なんの入場券です」

「このあいだから来日していて、評判のいい外人音楽家の演奏会です。わたしは音楽が好きなので、苦心してその切符を手に入れました。きのうの夕方の演奏会です。それに出かけるのを楽しみにして、勉強をしていました。しかし、気がついてみると、机の上の入場券がずたずたに破れていたのです」

「それは、がっかりしたでしょうな」

「もちろんです。それでも、わたしはその破れた券を持って、会場に出かけてみました。わけを話してたのんでみたのですが、係は入れてくれませんでした。破けた入場券では、あとでゴタゴタがおこるかもしれないと思って、用心したわけでしょう。仕方ないので、わたしは家に帰りましたが、どう考えても面白くないし、ふしぎでなりません。それで、先生のところへ、ご相談にうかがったわけです」

青年の話を、医者はうなずきながら聞き終り、こう答えた。

「なるほど、わかりました。ふしぎとも思えますが、おこりえない事ではありません。つまりこうでしょう。あなたは勉強に疲れ、暑さのためもあって、つい、うとうとなさったのでしょう。そのあいだに、ねぼけて自分の手で、入場券を破いてしまったにちがいありません」

だが、青年は首をふった。

「そう考えられないこともありませんが、なんとなくなっとくできません。わたしはいままで、ねぼけたことなどありません。第一、眠ったおぼえがないのですから」

「だれでも、ねぼけたことには、自分では気がつかないものですよ」

「いや、たとえ、ねぼけたとしても、大切な入場券を破ったりはしないでしょう。入場券は本にはさんで、机のはじにおいてありました。そして、気がついた時にも、机の上はべつに乱れてもいませんでした」

と、青年は主張し、医者ももっともだとうなずいた。そこで、常識的なことに質問を変えた。

「そうかもしれませんね。では、勉強に熱中している時に、だれかがやってきて、いたずらをしたのではないでしょうか。たちの悪いいたずらですが」

「いや、それも考えられません。わたしは勉強のじゃまをされるのがいやで、いつもドアの内側からカギをかけます。窓はあけてありましたが、部屋は二階なので、だれもそこからは入れないでしょう」

「そうなると、不可解な現象としか言えませんね。しかし、ひとりでに破けるはずもありませんな」

と、医者は首をかしげて、つぶやいた。青年のほうは身をのりだした。

「ええ、なにかがおこったのです。わたしがどうも気になるのは、時計を見ると、いつのまにか三十分たっていたことです。はじめは、時計が狂ったのかとも思いましたが、あとで調べると、狂ってはいませんでした。そのあいだに、なにかがおこったのでしょう」

「記憶を喪失なさったようですね。なにか信じられないような、奇妙な目にあったので、その記憶が頭から消えてしまったのかもしれません。人間には、時どきそのような事がおこるようです。わたしは経験していませんが、なにもしないうちに、いつのまにか数分から、数十分がたっていた、という体験を持っている人は、わりといるようです。多くの人は、その当座は変に思っても、まもなく忘れてしまっています」

「先生。なんとかして、そのあいだに起ったことを、知ることはできないものでしょうか。わたしは気になってなりません」

「忘れてしまってはいても、あなたがなにかを体験なさったことはたしかです。催眠術によって、きのうの午後おこったことを、再現してみましょう。うまくゆけば、なにかわかるかも知れません。では、その寝椅子の上に横になって下さい」

と、医者は青年をうながし、楽な姿勢にさせた。そして、調剤をし、薬を与えた。薬が効いてきたのを見はからって、医者は暗示をかけはじめた。

「さあ、あなたは昨日にもどるのです。いいですか。はい、あなたはいま、きのうの午後におります。いま、机にむかって勉強をしていますね」

それに応じて、青年は目をつぶったまま、ゆっくりと答えた。

「はい。わたしは勉強をしております」

「さあ、まわりを見て下さい。なにか変ったことがありませんか」

「ええ、見たこともない男が立っています……」

と、青年は医者に聞かれるままに、そのありさまを話しはじめた。医者はそれをメモに書きとめていった。その要点はこんなぐあいだった。

青年がふとそばを見ると、見知らぬ男が立っていた。変な形の黒い服を着て、やせた背の高い男だった。

「なにしに来たのです」

と青年が聞くと、その男はポケットから一組のトランプを出し、

「一勝負やりませんか」

と、さそってきた。青年はトランプが好きだったので、その相手になることにした。勝ったり、負けたりをくりかえしていたが、一勝負すんで計算してみると、青年のほうが少しだけ勝っていた。

「どうです。わたしが勝ちましたね」

と、青年が言うと、黒い服の男はそれをみとめ、頭を下げた。

「いや、やられてしまいましたな。では、これで帰ることにします。そうそう、忘れるところでした。わたしが負けたのですから、それはもらって帰りますよ」

黒服の男は、机の本のあいだから入場券を抜きとった。青年はそれを見て驚き、あわてて文句を言った。

「それは困りますよ。なんということをなさるんです。わたしの大切な入場券だ。トランプに勝ったから、というのならまだしも、負けて持ってゆくなんて、理屈にあわないじゃありませんか」

だが、男はかえそうとしなかった。

「いや、これがきまりなのです」

「そんなきまりなんか、聞いたことがない」

と言い争いながら、青年はそれを取りかえそうとした。しかし、男は、

「だめですね。トランプでわたしが負けたんですから」

と言い、ずたずたに破いてしまった……。

医者は青年の目をさまさせた。

「さあ、あなたは現在にもどりました。目をあけて下さい」

青年は目を開き、さっそく聞いた。

「なにかわかりましたか。催眠術で、どんなことをしゃべったのでしょうか」

医者はメモを見ながら、いま書きとめたことを話した。

「というわけです。その男がだれか、心当りはありませんか」

「ありませんね。さっきお話ししたように、部屋にはだれも入れないように、なっていたのです」

「しかし、調べた結果では、あなたの記憶の断層には、いま説明したような経験が入っていましたよ」

「信じられませんね」

と、青年はふしぎがった。その点では医者のほうも同感だった。この暑いのに黒い服を着て歩くとは。だまって人の部屋に忍びこみ、トランプの勝負をはじめるとは。そのうえ、負けたからといって、大事な入場券を破り捨ててしまうとは。

すべてが、考えられぬことであった。青年は医者をみつめ、医者のほうは目のやり場に困ったようすだった。そして、机の上にあった新聞をのぞきこんだ。そこになにを見つけたのか、医者はこう言った。

「あ、こんな記事がでている。ごらんになりましたか」

「いえ、けさの新聞はまだ見ていませんが」

「読んでごらんなさい」

青年が取りあげた新聞には、昨夜の事故が報じてあった。

昨夜、外人音楽家を迎えての演奏会の途中、とつぜん、劇場の天井から照明装置が落ちてきた。会場は満員だったが、さいわい死傷者は一人もでなかった。たまたま、落下地点の客席だけが、なぜか空席になっていたためである。

「あなたの席だったのでは」

と医者が聞き、青年はしばらくして、声をふるわせながら答えた。

「座席の番号はよく覚えていませんが、新聞にのっている写真から見ると、そのあたりだったようです。きのうの会なら、切符を買って、出かけない人など、ほかになかったでしょうし。危いところだったわけですね。すると、いったいその黒い服の男は……」

と言いながら、青年は手のひらで口を押えた。しばらくして医者は、つぶやくようにその先をつづけた。

「死神、ということになりますね。医者がこんなことを言っては、おかしいでしょうが……」

「もしわたしが、そのトランプで負けていたら……」

二人は流れる汗をぬぐおうともせず、顔をみつめあった。

夜の召使い

時計が夜の十一時を告げた。ニオ氏の日課では、そろそろベッドに入る時刻だった。彼は一人で眺めていたテレビを消し、台所にいって、コップに水をくんでもどってきた。

ニオ夫人がちょっとした病気で入院したため、このところ彼は自宅で一人で暮していた。

「さあ、そろそろやってみるかな」

ニオ氏はこうつぶやき、机の上のビンを手にした。なかには、金色をした錠剤がいくつか入っている。彼はその一錠を口に入れ、水とともに飲みこんだ。それから、しかつめらしい口調で命令を下した。

「おい、召使い。これから用事を言いつけるぞ。そこにある食器を洗って、あしたの朝、わたしが起きるまでに机の上に並べておくんだ。怠けるんではないぞ。あ、それから庭の垣根がこわれていた。なおしておいてくれ。針金とペンチは、あの引出しにある」

あたりにだれもいないのに、もっともらしく声を出すのは、どうも照れくさい感じがした。彼は命令をそこでやめ、苦笑いしながら部屋の明りを消し、寝室のベッドに入って横になった。

「科学の成果なんだろうが、こんな薬ができるとは、とても信じられない」

ニオ氏はひとりごとを口にし、あくびを二、三回して、やがて寝息を立てはじめた。

金色の錠剤。それは夕方にニオ氏が買い取ったものだった。

「お電話をいただきました、R万能サービス会社のものでございます。どのようなご用命でございましょうか」

青年があいさつしながら、こう言ったのだ。ニオ氏は待ちかねたように迎えいれた。

「さあ、よく来てくれた。R万能サービス会社をみこんでの、たのみがある。それでさっき電話をしたのだ。まあ、あがってくれ」

ニオ氏は青年を部屋に通し、椅子をすすめた。そのサービス会社の社員は、カバンをわきにおき、腰をおろした。

「はい。たいていのことでしたら、ご期待にそえましょう。で、ご依頼の件は……」

「じつは、妻が入院してしまってね。全快して帰ってくるまで、あと三週間ぐらいかかる」

「それはおさびしいでしょう」

「まあ、さびしいのは仕方ないが、日常の生活がどうも不便だ。料理のほうは自動調理機でなんとかなる。だが、そうはいかないことが多いのだ。うちの食器類は妻の趣味で、特殊な形のをそろえてしまったから、自動皿洗器が使えない。そのほか、草花に水をやるのも、小鳥にえさをやるのも、自動掃除機の使えない飾り棚の掃除だの、みなわたしがやらなくてはならない。まことに大変だ」

「そうでしたか。しかし、あと三週間なら、ご自分でなさっても、たいしたことではございませんでしょう」

「自分でやるくらいなら、きみの社になど頼まないよ。召使いを一人、せわしてくれ」

「それはだめです。ごぞんじのように、現在では、召使いをやとうには、政府の許可がいります。ニオさんのからだが不自由なら許可もおりましょうが、めんどくさいからでは、とても無理です。おあきらめください」

ニオ氏は面白くない表情をした。

「R万能サービス会社の、万能という意味を知っているか。このたのみが無理なら、その看板をおろしてしまえ」

社員は困った様子でしばらく考えていたが、やがて、こう答えた。

「どうも弱りましたな。しかし、そうおっしゃられると、社の信用にかかわります。よろしゅうございます。なんとかいたしましょう」

ニオ氏はそれを聞いて、喜びと疑問のまざりあった声を出した。

「ありがたい。だが、それは禁止されているわけだろう」

「はい。人間を召使いにするわけにはまいりません。妖精《ようせい》の召使いを当社から派遣いたします」

ニオ氏は思わず笑いだした。

「冗談じゃない。この現代にそんなおとぎ話を持ち出すとは……」

「いいえ、冗談ではございません。当社の研究室では、妖精を呼び出す薬を完成いたしました。これは一般に発売しない品ですが、たってのおたのみなので、特に提供いたします」

こう言いながら、社員はカバンのなかから、金色の錠剤の入ったビンを取り出した。

「これか。で、だれが、いつ飲むのだ」

「ニオさんが、おやすみになる前に一錠、お飲みになってください。それから、用事を言いつけてください。すると、朝までにちゃんと、そのとおりになっています」

「ふむ。どんな妖精があらわれるんだね」

「それはニオさんには見えません。薬を飲むと同時に、おそばにあらわれるのですが、見ることはできないのです。しかし、仕事は命令どおりにはたします」

「なるほど」

「あ、そうそう。命令ははっきりお願いします。あの布で、あの銀の彫刻をみがいて、ここにおいておけ、といったふうにです。なにしろ、はじめてのご家庭で働くわけですから。では、三週間後に、その給料をいただくため、またおうかがいいたします」

「もちろん給料は払うよ。だが、どうも信じられない話だな」

半信半疑でニオ氏はその薬を受け取った。そして、眠りにつく前に、社員の言ったとおりのことを試みてみたのだった。

つぎの朝。そのことをすっかり忘れ、ニオ氏はゆううつそうに目をさました。またきょうも、自分で家事をやらなくてはならない。

だが、食卓の上をふと眺めて、びっくりした声をあげた。

「や、本当だ。すっかり洗って、並べてある。妖精の召使いの話は、うそではなかったのだな。すると、庭の垣根はどうだろう」

彼は急いで庭に出て、調べてみた。眠る前に命令したとおりになおしてあるではないか。ニオ氏のゆううつは消えていった。

「これはいい。よし、今夜からいろいろやらせてやろう」

ニオ氏はその晩から、小鳥のえさ、芝の掃除、部屋の模様変えなどの仕事を追加した。しかしすべて命令ははたされていた。

彼は妖精を見ようと思ったが、それは無理のようだった。また、カギをかけてあるのに、いつどこから出入りするのかもふしぎに思った。だが、それもわからなかった。

「まあいい。仕事をやってさえくれれば」

こつを飲みこんだニオ氏は、毎晩その召使いに命令した。

一週間。二週間。すべて順調だった。

こうして、三週間たって、夫人の退院の前日になった。R万能サービス会社の、あの時の社員がまた訪れてきた。

「ニオさん、いかがでしたか、妖精の召使いの働きぶりは」

「なかなかよかった。これなら、独身でいてもいいくらいだ」

「そうはいきません。あまり長いあいだ使うと、良くない結果になります。では、薬の残りと、召使いの給料をお渡しください」

社員は錠剤の残りと、給料とを受取り、勘定した。ニオ氏は聞かずにいられなかった。

「すごい薬だな。どんな成分なんだね」

「それだけは秘密でございます。では、あしたから奥さまと楽しくお暮しくださいませ」

社員はニオ氏の家を出てからしばらくして、笑いながらひとり言を口にした。

「この薬の効能を知ったら、ニオさんもくやしがるだろうな。これは夢遊病をおこさせる新薬。自分自身に催眠術をかける作用を持っている。眠る前に口にした暗示どおりに働いて、あとかたづけをして、ふたたびベッドにもどり、それから本当に眠るのだから。しかし、その架空の召使いの給料を払わせるのは気の毒だな。といって、なにもかも説明したら薬を買おうとはしないだろうし……」

三年目の生活

「ただいま」

と言いながら、さびたちょうつがいをきしませてドアをあけ、男がアパートの部屋に入ってきた。掃除はゆきとどいているが、せまく、古ぼけた一室だった。

「あら。おかえりなさい」

と、彼の妻がそれを迎えた。部屋のみすぼらしさに似ず、明るい声だった。声ばかりでなく、彼女の容姿もまた、美しく若々しかった。

「きみはいつもきれいだよ」

彼はこう言いながら彼女を抱きしめ、口づけをした。これは結婚いらいの習慣となっていた。二人が結婚してからは、ほぼ三年の月日がたっていた。しかし、見たところ、彼女はほとんど変っていなかった。あいかわらず美しく、あいかわらず若々しかった。

夫は服をぬぎ、ふだん着にきかえた。そして、窓ぎわの椅子《いす》にかけ、いつものよう

に夕刊にぼんやりと目を走らせた。新聞がふたたびたたまれるころ、妻はコーヒー・カップを盆の上にのせて運んできて、そばの机の上に置いた。コーヒーのにおいは彼のきげんをよくする。彼はそれを口に運び、顔をほころばせた。その表情に、かつての彼の仕事を想像させるものは、影さえも残っていなかった。たちのぼるコーヒーのにおいを通して、彼女は軽く話しかけた。
「ねえ、お帰りになる少しまえ、電話があったわ。管理人が取りついでくれたの」
「ふうん。なんの電話だった……」
「ちょっとした仕事を、あなたに頼みたいとか。ぜひ引きうけてくれるように、あたしからも口ぞえしてほしい、とも言っていたわ」

「それで、だれからだ」

「Rとかいう人よ。やってもらえることになったら、ここに返事してほしいって」

と言いながら、彼女はポケットから電話番号を書いた紙片を出した。だが、夫はそれを見ようともせず答えた。

「いいんだ。やつなら、さっき勤め先にも電話してきた。そのとき、はっきりと断ったのに、しつこいやつだな」

「やってあげればいいのに。ずいぶん困っているようだったわ。あたしも口ぞえをたのまれているのよ。お礼は出す、とも言っていたわ」

しかし、彼は首をふり、断固とした口調で言った。

「やらない。やりたくない。おれはそんな仕事は二度とやらないと誓ったのだ。きみと結婚する時にね」

「あら、その仕事のことだったの」

と、妻は目を見開き、口をつぐんだ。夫は声を出さずに口のあたりを動かした。言おうか言うまいかと、考えている様子だった。だが、やがて声に出した。話すことによって、自分の決心をかためようとするかのようだった。

「そうだ。その仕事をおれがやらないことは、きみだって知っているだろう。いや、きみのほうがよく知っている」

彼女はうなずいた。彼はその顔をまっすぐに見つめ、低いがはっきりした声で話しつづけた。

「きみに会う前のおれは、いま考えるのも恐ろしくなるような生活をしていた。なにを目標に生きたらいいのか、まったくわからなかったころだ。おれは金のために人を殺した。たのまれるたびに、何人も殺した。本を読んだり、自分で考えたりして、いろいろな殺し方を研究した。また、運動神経を高めるため、多くのスポーツもやった。そのため、殺すのに失敗したこともなければ、つかまりそうになったこともなかった。それだけが生きがいだったし、とくいでもあった。しかし、あのままだったら、いずれつかまっていただろうな」

「そのころだったわね、あたしと知りあったのは……」

「ああ、人を殺すことは相対的な生きがいだったが、きみと会ってからは、きみが絶対的な生きがいになった。きみのためには、どんなことでもしようと思った。きみの言うことなら、どんなことでも従おうと思った。愛したのだ、心から。しかし、そのとき、おれを殺人者と知って、きみはおれに言った……」

彼女はまたうなずき、彼は話しつづけた。

「……あたしもあなたを愛している。だけど、そんなことはもう二度とやらないで、と。そして、これからもそんなことをやるのなら、悲しいけれど、あなたから離れるわ、とね。おれは、美しく清純なきみの目でじっと見つめられた。それによって、おれの心のなかはすっかり洗われてしまった。きみのたのみなら、殺人などという仕事から、きれいに足を洗おうと思った。だが、一つだけ気になることがあり、おれはそれを口にした……」

彼女はまたうなずいた。彼は少しさめたコーヒーを飲み、話をつづけた。

「……おれはそのほかに、なんの技術も身につけてない男だった。その仕事をやめたら、いっしょに暮しても、幸福な生活をきみにさせてあげられないだろうと言った。すると、きみはおれの両手を握りながら言った。幸福とはお金じゃないのよ、この手でまともな仕事をしてくれたら、どんなに貧しい生活でもがまんするわ、と。そこでおれは決心し、誓った。二度とあんな仕事はしないと」

「そうだったわね。あたしもはっきりと覚えているわ」

「おれは小さな町工場の守衛の職にありついた。退屈な仕事だが、一生けんめいに勤めた。きみへの愛情を示さなければならなかったからな。ある時は、しのびこんだ強盗をつかまえたこともあった。その時だけは、おれの腕前が少しだけ役にたった。そんなことがあってから、月給も少しずつあがりはじめた。あがったといっても、もちろんたいした額ではない。それでも、おれは文句を言わなかった。酒もやめ、タバコもやめ、きみだけを愛する生活をつづけてきたのだ……」

妻ははげしく目をまたたいた。

「あれから、もう、三年もたったのね」

「ああ、おれは月日がもっと早くたってくれないかと思う。あのいまわしい過去の記憶を、時間のなかに早く埋めてしまいたいのだ」

彼女は笑いながら首をふった。

「いやよ、あたしは。時が早くたったら、早くとしをとってしまうじゃないの」

彼も自分の失言に気がついた。

「あ、そうか。そんなつもりで言ったわけじゃなかった。だけど、きみは何年たっても、あのころと少しも変らずに美しい」

と言いながら、彼は押えきれなくなって、彼女をひきよせ、肩を抱いた。

「三年間。はじめのうちは正直なところ、つまらない仕事がいやでならなかった。また、かつての仲間たちからの誘惑もあった。しかし、すべてをがまんした。きみとの愛情にみちた生活をつづけるため、じっとがまんしてきた。決して昔の仕事にもどるまいと……」

「あなた。ほんとにあたしを愛しつづけてくれているのね」

彼女は夫の目を見つめながら聞いた。彼の目に、うその色は少しもなかった。

「そうとも。おれの心のなかでは、女性はきみ一人しかいない。しかし、いまさら、なんでそんなことを聞くんだ。わかっていることじゃないか」

彼は気になるように、聞きかえした。彼女は、しばらく黙ったままだったが、やがて、口のなかでなにか言った。言い出しにくそうな様子だった。だが、思いきったように言った。

「ねえ、あたし心苦しいのよ。あなたに対して、どうしてもお話ししなくてはならないことがあるの……」

夫の顔には、不安と疑問の入りまじった表情がみなぎった。

「どうしたんだ。なにがあった。さあ、話してくれ」

「ある男の人に、このあいだからつきまとわれているのよ。もっとも、あたしもいけなかったわ。最初にちょっといい顔をしたのがいけなかったの。その人は、それであたしにも気があるらしいと思って、誘惑をやめないのよ。それはしつっこいし、それに負けそうなの」

「なんだと……」

彼の顔は赤くなった。

「ねえ、信じてちょうだい。あなたがあたしを愛している以上に、あたしはあなたを愛しているのよ。でも、あまりしつっこいので、あたし自分が心配なの……」

「そんなことがあったのか。とんでもない話だ。おれはなにもかもささげて、きみを愛してきた。これからも一生、愛しつづけるのだ。そのきみに対して、そんなことをするとは。どこの、どんなやつだ。さあ、話してくれ」

彼の顔は興奮のためにさらに赤くなり、その絶頂をすぎると、それからは青ざめはじめた。彼にせめられ、妻はその住所と名前を口にした。

「よし。二度とそんなことができないようにしてやる。絶対にできないように……」

彼の表情はすっかり変った。この三年のあいだ、見せたことのなかった表情に。そしてまた服をきかえ、靴をはき、ドアから出ていった。

しばらくして、彼女もまたそのドアから外へ出て、近くの公衆電話のボックスに入り、ダイヤルをまわした。

「Rさんはいらっしゃいますか。さっき、お電話いただいた……。ええ、やっとひきうけさせましたわ。たぶん、今夜のうちにやるでしょう。それから、報酬のほうは、あしたにでもうちへ届けていただけないかしら。主人でなく、あたしに渡していただきたいの。金額を値切ったりなさらないでね。そんなことをなさったら、主人に言いつけますわ。あなたがあたしに言い寄ったと……」

彼女の声は明るく、美しさや若さも、三年前とほとんど変っていなかった。だが、心のなかのほうは、世の中の例にもれず、だいぶ大人になっている。

すばらしい銃

エス氏はあちらこちらたずねまわったあげく、やっとケイ博士の研究所にたどりつくことができた。郊外の野原のはずれにある、みすぼらしく小さな家だったので、簡単にみつからなかったのもむりもない。

ドアをノックすると、なかから、これまた、汚れた身なりの中年の男がでてきた。エス氏はあいさつした。

「ごめん下さい。ケイ博士にお会いしたいのですが」

「わたしがそうだ」

と、相手が答えた。エス氏はあやまった。

「これは失礼しました。じつは、折り入ってお願いがありまして……」

「まあ、なかへお入りなさい」

ドアから入ると、内部は乱雑だった。机の上には各種の設計図が、床の上にはさまざまな機械部品が散らばっている。エス氏は話を切り出した。

「聞くところによると、博士は銃の研究をなさっておいでだそうで」

「ああ、そうだ。いろいろと改良を加え、最新式のすぐれた銃を作っている」

「拝見させていただけませんか」

「いいとも」

ケイ博士は一丁の銃を取り出した。あたりのやぼったさと反対に、じつにスマートな形をしている。銃身にはコイルのようなものが巻かれてあり、各所に意味ありげな装置がとりつけてある。博士は窓をあけながら言った。

「では、いま空を飛んでいるカラスをうってみせよう。近くの農家の畑を荒すので、みな困っている」

そして、空にむけて引金をひいた。みごとに命中し、カラスは落下してきた。エス氏は感嘆の声をあげた。

「なんと、すばらしい腕前なのでしょう」

ケイ博士は銃を示しながら答えた。

「わたしの腕ではない。銃の性能だ。この照準装置が新発明の品なのだ。動くものと動かないものを識別し、動くものに対し自動的にねらいがつけられる。同時に内部におさめられている電算機が、距離と速度から算出した方向に、銃身をむけてくれる。

引金をひけば必ず命中するわけだ。単純な計算だから、超小型のものにまとめられた」

「あまり単純とも思えませんが、そういうものですかね。で、動かない目標の時はどうなのですか」

「ダイヤルを切り換えればいい。銃身についている望遠鏡は自動的に焦点が合うようになっている。いままでのより、的をはるかに拡大してくれる。一メートルはなれた郵便ポストをうつより容易だ。また、赤外線を感じる装置もついているから、霧のなかでも、薄暗くても大丈夫だ」

「驚きました。そんなにもすぐれた性能とは。しかし、値段は安くないのでしょうね」

「それは仕方ない。大量生産して、だれもが買ってくれるという品ではないのだからな」

エス氏は身を乗り出して言った。

「いかがでしょう。高くてもかまいませんから、売っていただけませんか」

「売らないことはない。しかし、なんに使うのです。悪いことに使うのでしたら、お売りすることはできません」

「ええ、猟に使うのです。わたしの住んでいる地方ではクマが出没して、被害が絶えません。それを退治するのです」

エス氏は金を払った。ケイ博士は受取り、銃を渡しながら念を押した。

「くれぐれもお願いするが、決して悪事には使わないように」

「わかっていますよ」

銃を手にしてそこを出たエス氏は、会心の笑いを浮かべた。クマをねらうなどとは、口からの出まかせ。エス氏の目標はクマでなく人間。つまり、彼の職業は殺し屋だったのだ。

今回は大金を前払いされ、ある人物を殺すことを引受けた。だが、礼金の多いかわり失敗は絶対に許されない。必ず成功させるとなると、よほどの準備がいる。あれこれ考えたあげく、ケイ博士のことを思いついたというわけだった。

この、すばらしい銃を手に入れることができた。大金を払っても買うだけの価値は充分にあった。今回のみならず、これからもずっと、商売道具として使うこともできるのだ。

じつは、さっき博士を射殺して持ち逃げをしようかとも考えたのだが、それはあまりにひどい。また、故障した時に修理してくれる人もなくなってしまう。こう考えて思いとどまったのだ。

エス氏は銃を持ち、あらかじめ計画しておいた地点におもむいた。山ぞいの道を見渡せる場所だ。まもなく、ねらう相手の自動車がやってくる。

こっちには必中の銃がある。仕損じることはない。エス氏は自動車のタイヤをねらうことにした。車は運転をあやまり、谷へ転落するにちがいない。殺人の証拠も残らないですむ。

待ちかまえていると、予想どおりに相手の自動車がやってきた。銃をかまえて引金をひく。

命中。車が不規則に揺れ、道路のガードレールを突きやぶり、谷底へと落ちてゆくのをエス氏は見た。

気の毒に思いながらも、エス氏は成功にほっとし、緊張がとけて呆然《ぼうぜん》となった。

われにかえってみると、エス氏は警察のなかにいた。なんでこうなったのか、少しもわからない。そばを見ると、ケイ博士がいる。

「これは博士。このあいだはお邪魔いたしました」

とエス氏が話しかけると、博士は顔をしかめて言った。

「これはではない。おまえはとんでもないやつだ。あの銃を悪事に使ったな」

「いえ、そんなことは……」

「ごまかしてもだめだ。銃の引金には、うそ発見器と同じ原理の装置がとりつけてある。悪事のために使おうとすると、血圧や皮膚電流に微妙な変化が生じる。その場合、ただちに薬品の霧が噴出するようになっているのだ」

「なんの薬品です」

「麻酔剤と自白剤をまぜたような作用の薬だ。それを吸うと一種の夢遊病の状態になり、自分で歩いて警察に出頭し、自首をしないではいられなくなる」

ケイ博士の説明で、エス氏には事態がいくらかのみこめた。しかし、考えてみれば人の悪い作用だ。彼は文句を言いたくなった。

「うむ。そうとは知らなかった。だがそれならなぜ、引金が動かないようにでもしておいてくれなかったのだ。殺人をしてつかまっては、極刑に処せられてしまう。後悔はしているが、もうとりかえしがつかない」

「心配するな。とりかえしはつく。弾丸は発射されていない」

「そうおっしゃるけど、たしかに見た。車が谷に転落するのを……」

「薬品には、幻覚をおこす薬も少しまぜてあったのだ。自己の行為の結果の幻を見させる作用だ。だから車は無事だ」

それを聞き、エス氏は深く息をついて言った。

「そうだったのか。刑もいくらか軽くてすむわけだ。なんというすばらしい銃だろう」

そそっかしい相手

夏の日の午後。海に浮かぶボートの上で、エル氏はオールをこぐのをやめ、さっきから、ただひとり、釣糸に神経を集中していた。やがて、いままでつまらなそうだった彼の表情に、喜びの色があらわれた。なにか重い手ごたえを感じたのだ。

「しめた。大きな魚でもかかったかな」

彼は糸を引っぱる手に力を加えた。魚にしては、あまりあばれないのがふしぎに思えたが、エル氏はやめず、針にかかったものを手にすることができた。

「なんだ、こんな物だったのか」

彼はがっかりしたような声でつぶやいた。

それは古ぼけたランプだった。こんな物はなんの役にも立たない。すぐに海に捨てようとしたが、それに字のようなものが書かれてあるので、読もうとしてハンケチで汚れをこすってみた。

その時。驚くべきことがおこった。

ランプから煙が立ちのぼり、そのなかから大きな男があらわれたのだ。

「だれだ、きみは。おれも強い日光にあたりすぎて、幻でも見ているのかな」

エル氏はこう聞かずにはいられなかった。すると、相手は答えた。

「幻ではありません。これはアラジンの魔法のランプです。アラビアン・ナイトの物語でごぞんじでしょう。わたしはランプのなかに住んでいる魔神です。ランプがこすられると現れ、その人の望む物をもたらします。ただし、一回だけですがね」

「ほんとうか。そういえばそんなランプの話は聞いたことがある。しかし、なんで海の底なんかにいたのだ」

「あなたの前の持ち主が、自分の使ったあ

と、ひとに渡すのがしゃくで、海の底に捨てたのです。おかげでわたしは働かないですみ、このところ、しばらくのんきでした」

「そうだったのか。それは実にありがたい。わたしはいま、大へん困っていたところだ。なんとか助けてもらいたい」

「いいですとも。まかせておきなさい。すぐにかなえてあげますよ。ちょっと待って下さい」

魔神は煙に乗って飛び去ろうとした。エル氏はそれを呼びとめた。

「おい。ありがたい話だが、なにが欲しいかわかっているのか」

「わかってますとも。人間の考えることはだれでも同じです。わたしは何回もやってなれています。ご安心ください」

「しかしだね……」

と、エル氏は呼び戻そうとしたが、もはや魔神はどこへともなく飛び去ってしまった。

そして、まもなく大きな箱を抱えて帰ってきた。

「お待たせしました。さあお渡ししますよ」

エル氏は手渡された重い箱に目を輝かした。箱には宝石がちりばめられ、明るい日の光を受け、色とりどりにきらめいていた。ふたをあけてみると、金貨ばかりがぎっしりとつまっている。

それを見てエル氏は顔色を変え、かすれた声でどなった。

「なんだ、これは。たのみもしない物を持ってきて」

これに対し魔神は、わかってますよ、といった顔で答えた。

「まあまあ。ぶつぶつおっしゃらないで下さい。人間にとって、これ以上の物がないことぐらい、わたしはよく知ってますよ。自分はもっと世の中の役に立つ物をたのみたかったんだ、と言いたいんでしょう。そう気どることはありません。あなただって、内心はうれしいはずですよ」

「おまえはとんでもないやつだ。これを返してこい。そして、べつな願いをかなえてくれ」

「だめです。持ってきたからには、これで終りです。そう怒らなくてもいいじゃありませんか。金貨は便利ですよ。なんでも買えます」

エル氏はさらに大声をあげた。

「おまえなんか、早く消えてしまえ」

「はい。仕事がすんだので帰らせていただきます」

たちまち、魔神は煙とともにランプにもどった。エル氏は顔をしかめ、それを海のなかにほうりこんだ。

彼はボートに残った金貨の箱をしばらく見つめていたが、やがてそれも海のなかに捨てた。

そして、ため息をつき、オールを力なく動かしはじめた。乗っていた客船が数日まえに難破し、救命ボートでただひとり助かったエル氏にとっては、命あるうちにどこかの島にたどりつくことが、いまの最大の目標だった。そのためには、少しでも重い物などをつんでおくわけにはいかない。

伴奏者

ひるまの暑さがようやく薄れ、開いた窓から流れこむ夜の空気が、ほんの少しだが涼しさをおびてきた。

「だめだ。なにかもっと、目のさめるような事件がおこらないと……」

部屋のなかで、ひとり机にむかっていた男が、つぶやきをもらした。その言葉で思いついたためか、彼は椅子《いす》から立って、壁ぎわの台の上にあったパーコレーターを手にした。

やがて、コーヒーのかおりが、おだやかに立ちのぼりはじめた。だが、彼の顔にはそれと反対の、いらいらした感情がみちていた。ここは郊外の林のなかにある小さな家。夏の虫の声のほか、あたりには静けさだけがただよっていた。

男は四十歳ぐらい。職業は映画の脚本家。仕事場として、だいぶ前からこの家を借りていた。しかし、犯罪物の脚本をひとつ、そろそろ書きあげてしまわなくてはならないのに、それがどうも思うようにはかどらないのだった。

彼はコーヒーを飲み終え、タバコをくわえた。だが、それにライターの炎を近づけかけて、ためらった。その傾けた耳に、家のまわりをうろつく、足音らしいものが聞こえてきたのだ。窓のそとに視線をむけてはみたが、そのあたりとの間には、闇《やみ》が立ちふさがってさえぎっていた。腕の時計をのぞくと、夜の十時。いまごろ訪ねてくるような友人に、心あたりはなかった。

やがて、玄関のドアにノックの音。はじめての客なので、ベルの場所がわからないのだろうか。彼は首をかしげながら、ドアの内側から声をかけた。

「どなた」

ノックの音がやみ、かわって女の声となった。

「お願いです。ちょっと、おじゃまさせていただけません……」

それによって、彼の態度からは警戒心が消えていった。カギを外し、ドアを内側に引くと、若い女が飛びこむように入ってきた。二十をちょっと過ぎたぐらいに見えた。美しくはあったが、なにか異常な雰囲気をまとっていた。その異常さがなんのためなのか、彼には見当がつかなかったが。

「どなたですか。こんな時間にいらっしゃって」

女は答えるかわりに、しばらく息を激しくはずませていた。それから、かすれたような声で言った。

「お水を飲ませていただけません……」

彼はコップに水をくんできて手渡した。女の呼吸はやがて静まっていったが、かわって汗の玉が顔のあちこちにわき出してきた。彼女はハンドバッグからハンケチを出し、汗を押えた。

「どうなさったのです」

また彼は聞いた。だが、彼女は今度も答えようとはせず、制するような身ぶりをした。

「聞こえるでしょう」

「なにがです」

と、彼はそれに従った。遠くで、男の呼ぶような声と足音がしていた。彼はうなずき、聞きかえしてみた。

「なんなのですか。あの人は……」

「あたしを追いかけているの。いやな男なのよ。あいつが行ってしまうまで、ここにかくれさせていただけないかしら」

「そうでしたか」

彼は事情を察した。夏の夜、ひとり歩きの女が追いかけられることは、よくあることかもしれない。

「窓をしめ、カーテンを引いて下さらない。あいつがのぞきこむかもしれないわ」

あいつという言葉には、嫌悪《けんお》の感情がこもっていた。彼は窓をしめ、カーテンを引いた。暑さが待ちかまえていたように、部屋のなかにこもりはじめた。女は身を堅くし、すみのほうにうずくまった。脚本のなかに、こんなシーンを加えてみるかな。彼の頭のなかで、仕事のことがちらとかすめた。外の足音は大きくなり、玄関にとまった。

ノックの音。

「ごめん下さい」

という男の声に、彼は緊張した声で答えた。

「なんですか、いまごろ」

「ちょっとおたずねしますが。若い女がひとり、いまこちらに来ませんでしたか」

「いえ、知りませんね」

「そうでしたか。失礼いたしました」

若い男の声は、意外に礼儀正しい調子だった。足音はふたたび遠ざかっていった。

それをたしかめ、女は彼のそばにもどってきた。

「帰っていったわね。ほっとしたわ」

「まあ、よかったですね。しかし、声の感じでは、そう変な男らしくもないようでしたよ」

「ええ、変な人じゃないけど、ひどい人なのよ。あたしを連れもどし、閉じこめようとするのですもの」

「なんでまた、そんな無茶なことをするんです」

「あたしが少しおかしいから、ですって」

「じゃあ、気ちが……」

彼のからだのどこかが震えた。肌には無数の虫に襲われでもしたような感覚がわいた。

「それは、あいつらが勝手にきめたことよ。あたしは、そんなものじゃないわ」

きらきらした光が、女の見開いた目のなかにあった。

「なんだかわかりませんが、おうちに帰ったほうがいいんじゃありませんか」

彼はおそるおそる口に出した。こんな事態は、いいかげんで打ち切りにしなければならない。といって、どう扱ったらいいのか迷わざるをえなかった。

その時。それに応じるかのように、さっきの足音が戻ってきた。彼はほっとした。ドアをあけて、あいつを呼びよせればいいのだ。だが、それをやることはできなかった。女はハンドバッグのなかからナイフを出し、その刃を開いたのだ。

「どうするのです。そんなものを出したりして」

「さあ。あたしがここにいないと言って、あいつを帰してちょうだい。やっと逃げ出してきたのよ。連れもどされたりしたら、もう二度と逃げられなくされてしまうわ」

ためらっている彼の背中に、刃の先が軽く当てられた。彼は声をあげようとしたが、それを飲みこんだ。なにしろ、普通の常識の通用しない相手なのだ。

身動きもできなかった。身をかわそうと思えば、できないことではないだろう。だが、やりそこなえば、ナイフがささってくるかもしれない。さされたところで、たいしたけがでなくすむかもしれない。しかし、なにもそれほどの危険をおかすこともないだろう。さからわず、この場を切り抜けさえすればいいのだ。

ドアにノックの音。彼はさきに呼びかけた。

「さっきのかたですね。見つかりましたか」

「いえ、まだです。もし現れたら、気をつけて下さい。言い忘れたので、もどってきたのです」

「はい。しかし、なぜですか」

彼は背中にチクリと痛みを感じた。

「その女は気ちがいですから。年は二十一。青いスカートで……」

という外の声を聞きながら、彼は女の様子とくらべてみた。すべての点で一致していた。心臓の波うつのを感じながら、彼は強いて落ち着いた声を出した。

「わかりました。注意しましょう」

それで足音は離れていった。救われる手段が遠ざかりはしたが、彼はまずナイフがささってこなかったことを喜んだ。

「うまくいったわね」

女はうれしそうに笑いながら、少し動いた。彼はふりむくことはできたが、それにあわせて笑うことはできなかった。ふいに飛びかかって、ナイフを取りあげようか。しかし、その完全な自信は持てなかった。

ドアをあけて飛びだそうにも、カギをはずすのにちょっとでも手間どったら、やりそこなうおそれがある。女に言われるままに、窓をしめ、カーテンを引いてしまったことを後悔した。外へ逃げ出す方法は、見まわしたところ残されていなかった。しかし、彼は逃げ場を求め、あたりをきょろきょろと、眺めつづけた。あぶら汗が、顔の上をしずくとなって動いた。女が言った。

「ふるえているようね」

「いや、べつに」

「あたしがこわいの」

「そりゃあ……。いや、べつに」

彼の答えはしどろもどろだった。こんな場合の答え方を、知っている者などあるだろうか。積極的に賛成したものか、反対したものか。やりそこなったら、なにがおこるかさえわからないのだ。

「そんなに、こわがらなくてもいいのよ」

「べつに、それほどこわがってもいない」

「本当は、あたし気ちがいなんかじゃないのよ」

「そうだろうとも」

彼はなるべく、あいまいな返事を短い言葉でしておこうと思った。

「あたしは女優なのよ」

「そうだろうな」

「だけど、なかなかいい役につけなかったの」

「それで……」

「映画雑誌の記事で、先生のことが出ていたのを思い出したの」

「どんな……」

「精神に異常のある女を主人公にした、スリラー物の脚本を書きたい、とおっしゃったでしょう」

「ああ、前に、そんなことをしゃべったような気もするな」

「それで、こんなことを思いついたのよ」

「どんなことを……」

「その脚本が出来たら、あたしに役をつけるよう推薦していただけないかと思って。どうかしら、あたしの演技は……」

と、言いながら、女はナイフをハンドバッグにしまった。

「なんだって。すると、いまのさわぎは芝居だったのか」

「そうよ。少しは真に迫っていたと思うんだけど。どうだったかしら」

さっき、からだのふるえを見られてしまっていた。いま、顔にわいている汗はかくしようがない。苦笑しながら、うなずく以外になかった。そして、頭の片すみにひっかかっていた疑問を口にした。

「すると、いまの男は……」

「きまっているじゃないの。さくらよ」

「なんだ。そうだったのか」

彼ははじめて安心した笑い声をたてることができた。女もつづいて笑った。二人の間にみなぎっていた緊張は、たちまち消えていった。

彼はポケットからハンケチを出し、汗をぬぐった。忘れていた暑さが、一度に戻ってきたようだった。急いでカーテンと窓をあけたが、こんどは彼女も止めようとはしなかった。

空気が動き、彼はそのなかで深呼吸をした。一種の快感のようなものがこみあげてきた。いままでにも、役にありつこうとして手のこんだ方法を仕掛けてくる女がないでもなかった。そのたびに、いやな思いをして追いかえしていたのだ。しかし、こう完全に、見事にかつがれると、どなる気などは少しもおこらなかった。

「驚いたな。一時はどうなることかと思ったぜ。おかげで、汗びっしょりだ」

「ごめんなさい。だけど、手かげんしちゃあ、意味ないわけでしょ。で、あたしに素質があるかしら」

「あるとも。まあ、そこの椅子にかけないか。のどが渇いて、からからになってしまった。ウイスキーはどう」

彼は女を椅子にかけさせ、棚からウイスキーのびんを取り、グラスをそろえた。

「そうね。水で割ってちょうだい」

酒の酔いは、ほぐれた頭のなかに心地よくまわった。同時に、女の訪れる前まで張りつめていた障害まで、頭のなかで崩れていった。

「きみがとんでもない芝居を持ちこんでくれたおかげで、いい筋書きができそうになってきたぜ」

「どんなストーリーになるの」

「いまの事件が発端となるスリラーさ。いいかげんなことでは驚かないぼくが、ああなったんだから、うまく当りそうな気がする」

「あたしに役がいただけないかしら」

「もちろん、きみのことを頭において書くよ。さっきの通りやってくれれば、立派なものだ。ふつうの女優じゃあ、なかなかああはできるものじゃない。監督だって、賛成してくれるだろうと思うよ」

「うれしいわ、そうおっしゃっていただけると」

女の目は、またきらりと光った。たいへんな才能かもしれない。目に自由に表情を出せる俳優など、そういるものではない。

「そのうち、スリラー物はきみでなくてはならない、といったことになるかもしれないぜ」

彼は少しおだて、酒をすすめた。ある程度の素質があれば、つぎに必要なのは自信なのだ。役柄を重荷だと思いさえしなければ、あとはなんとかうまく行くものなのだ。

女はグラスをあけ、彼に聞いた。

「どんな筋になさるの」

「いや、いま頭に浮かんだほんの荒筋なんだがね。こんなのはどうだろう。はじめの男性にふられ、男に対する復讐心《ふくしゅうしん》が異常に高まった女。夜になると、ハンドバッグにナイフを入れ、出かけなくてはならなくなる、というのは」

「あたし、一生懸命にやるわ」

と、女は身を乗り出してきた。

「そして、夜の街をさまよう。男を見ると、殺さずにはいられなくなる」

「あたしに、うまくできるかしら」

「そう気おくれを感じてはだめだよ。できるとも。相手の男は、女と思って安心して近づいてくる。きみが笑いながら待っているところへ」

「そこで殺すの……」

「ああ、そっとナイフを取り出し、ぐさりと力一杯、突きさすのだ。その時にも、やさしく笑ったままでね。きっと、一段と効果があがるだろうな」

「なんだか、むずかしそうだわ」

「大丈夫、きみならできるさ。きみは美しい殺人者になるんだ。そのため、疑いもかかってこない……」

と、彼は力をこめてはげました。頭のなかでは、それとともに物語がつぎつぎと展開した。このように調子よく進むことは、久しぶりだった。やがて、女は腰をあげた。

「うまくいくといいわね。じゃあ、あたし失礼するわ」

「ああ、夜もおそいからな。くりかえすようだけど、自信が第一なんだよ」

「ええ。そのうち、またおうかがいするわ」

と、女はあいさつをして帰っていった。

彼はそれを見送り、机にむかって、いま頭に浮かんだ荒筋を書きとめにかかった。静かななかで、紙の上を走るペンの音が響き、彼はしばらくその仕事に熱中した。

ドアにノックの音。彼はそれを耳にして、ペンをおいた。きっと、乗り物がなくなって彼女が戻ってきたのかもしれない。それだったら、タクシーのつかまえやすい大通りまで送ってやることにするか。彼はドアの内側から声をかけた。

「どうしました。もどってきたりして」

しかし、外からの声は男だった。

「どうも、たびたびお邪魔して申し訳ありません。さっきの女なんですが、まだ見つからないんです。それで、念のためにもう一回お寄りしたわけです」

「あ、それだったら、もう帰ったよ。きみと待ちあわせて、いっしょに帰ったのかとも思ったが。会えなかったんですか」

「なんのことです。さがしているのは、こっちなんですよ」

外の声は意外そうだった。

「もう終ったんだよ。芝居はいいんだ。さくらの仕事をつづけなくてもいいんだぜ。なかなか、うまかったじゃないか。おかげで、こっちは冷汗を出しちゃったぜ、この暑いのに」

「さくらですって」

「さくらという言葉を知らないのかい。つまり、彼女を映画の役につけるため、きみが手伝ったんだろう」

外の声は驚きにかわった。

「とんでもない。そんなことを言ってたのですか。困りましたな、本物なんですよ。もっとも、病気はそう重くはないんですが」

「だけど、なんとなく女優らしいところもあったぜ」

「暗示にかかりやすい患者なんです。それを知らないやつが、きみは女優になれる、なんておだてたのがいけないんです。それで、自分もそう思いこみ、こちらにうかがったのでしょう。どうも、ご迷惑をおかけしました。しかし、まあよかったでしょう、女優で。だれかが、もっと危険な暗示をかけたとしたら……」

敬服すべき一生

時刻は夜。ここエフ博士の研究室は静かだった。なかにいるのは博士ひとり。静かなのは住宅地という環境のせいもあったが、部屋に防音装置がほどこされているからだった。これは博士が雑音をきらうからではなく、内部の音をそとへもらさないのが目的だった。

研究室といっても、とくに物々しい実験設備があるわけでもなかった。かつてはそんな時期もあったが、いまは一切が整理され、壁の書棚と机と椅子《いす》だけという簡素なものだった。机の上には何通かの手紙の束がある。

もう相当な年齢であるエフ博士は、老眼用の眼鏡をかけ、期待にみちた表情で一通の手紙を開く。そして、突然わけのわからない叫び声をあげる。叫び声は短い時も長い時もあるが、いずれにせよ、理解しがたいものである点は変らない。

だれかが耳にしたら、犯罪の発生と思って警察へ電話をするか、発狂と判断して救急車を呼ぶだろう。だが、部屋の防音装置はそれを防いでくれる。

やがてエフ博士は、がっかりした顔つきになり、いまの手紙を丸めて紙屑《かみくず》かごに投げ捨てる。それから気をとりなおし、べつな一通を開きにかかるのだ。そして、また も叫びと落胆、紙屑かご……。

それをくりかえす博士の動作には、執念のようなものが感じられる。

かくして、手紙の束は整理された。きょうの研究はこれで終了。博士は自分でコーヒーを入れ、タバコをゆっくりと吸いながら、いままでの人生を回想した。

自分の両親に関して、エフ博士はなにも知らなかった。つまり孤児だったのだ。かつてひまをみて、その調査をやってみたこともあった。だれだってそうするだろう。しかし、まるで手がかりは得られず、それ以来、この件はあきらめている。

孤児ではあったが、幼年時代はそう不幸でもなかった。親切な人に引きとられ、みじめな思いを味わうこともなく養育されたからだ。幸運ともいえるが、運だけでもなかった。どことなく見どころのある子供、将来なにか偉大なことをやりそうな子供。そんな印象を他人に与えるからだった。平凡な外見だったら、こううまくは行かなかったかもしれない。

彼のほうも、周囲のその期待にこたえた。もの心がつきはじめると、その感情は漠然とだが形をとりはじめた。自分は世のために、なにか画期的なことをしなければならない、それが自分に課せられた義務なのだ。このような欲求が、心の底からこみあげてくる。だが、なにをすべきだろうか。

成人するにつれ、その課題は鮮明になった。若がえりの秘法。いままでだれもなしとげられなかった、この秘法の発見だ。いかにも自分にふさわしい仕事のように思えた。古くさい言葉だが、宿命というか、前世からの因縁というか、ちょうどそんな気分だった。

このテーマに一生をささげようと、彼は決心した。すべてを犠牲にして一生を打ち込んでも、完成しさえすれば埋めあわせはつく。それからもう一度、あらためてすばらしい人生をすごすことができるわけだ。この賭《か》けは、やってみる価値もある。彼は全力をあげ、それと取り組んだ。

まず、医学を研究した。前人未到の領域にいどむからには、幅の広い知識が必要だ。生物学、細菌学、薬品学などをも研究した。人間を若がえらせるための薬品かワクチンの発見を目標としたのだ。そのころはこの研究室も、各種の器具や薬品、実験用の小動物などで乱雑をきわめていた。

彼は何度となく、完成への手がかりをつかんだような気になった。だが、たしかめてみると結果は思わしくなく、どれも成功しなかった。

つぎに彼は方針を変え、電気の利用を思いたった。複雑な電気装置が室内でくみたてられた。あらゆる電波、磁気、光線などが試験された。若がえりの作用を持つ波長を発見しようとしたのだ。そして、研究は完了した。この方法もだめだという結論を得て。

これらのあいだにも年月は流れ、博士はしだいにとしをとっていった。寿命と研究との競争といえた。どちらの終りが早く訪れてくるだろうか。

催眠術をも研究した。この暗示で気分を若がえらせることはできたが、肉体には有効でなかった。そのほか、各種の実験がなされたが、これという進展はなかった。失敗につぐ失敗。しかし、彼はあきらめなかった。ここまできては、意地でもやめられない。それに、必ず完成するという確信があったのだ。いや、予感というべきだろう。はっきりした根拠あってのものではないのだから。だが、その予感めいたものは強かった。

いずれにせよ、彼は研究継続の意志に燃えていた。しかし、ついにあらゆる方法を試みつくしてしまった。もはや、残すところといえば神秘的な分野しかない。彼はおとろえぬ熱意で、それにたちむかった。正攻法が行きづまったら、奇手を採用すべきだろう。

彼は呪文《じゅもん》の研究を開始した。文献で調べうるものはあさりつくし、採集の範囲をひろげた。世界の各地に依頼し、あらゆる呪文をとりよせ、つぎつぎに唱えてみる。

その手紙は毎日、世界の各地から集ってくる。机の上の束がそれなのだ。博士は防音装置の室内で、こんどこそはと期待しながら叫んでみる。しかし、今日までのところ成功していなかった。博士が老人のままであるのが、なによりの証明だろう。

エフ博士はコーヒーを飲みおわり、回想もおわった。きょうも成果はあがらなかった。失敗の連続にもかかわらず、あきらめる気には少しもならない。あの成功への予感は依然としてあり、最近は一段とそれが高まっているのだ。

しかし、なにをどうすればいいのだろう。立ちふさがる壁と、強い意欲とのあいだにはさまり、あせりの感情が噴きあげてきた。それは抑えきれず、思わず大きな叫び声となった。

すべての呪文をまぜあわせたような叫びだったが、博士にとっては、心の底、無意識の奥からの叫びだった。だれはばかることのない声。

そのとたん、ある効果があらわれたようだ。そばにひとりの人物が出現したのだ。

年齢、国籍、性別いずれも不明といった感じだった。

「だれです、あなたは」

と博士が聞くと、相手は答えた。

「悪魔、妖精《ようせい》、天使、魔神、霊など、人によっていろいろに呼ばれる」

博士は、どんな機会でものがせない心境だった。前おきだの、あいさつだのは抜きにして、すぐにたのんだ。

「ぜひ、若がえりの秘法をおさずけ下さい」

「そんなに望むのか」

「望むどころか、一生をこれだけに賭けてきたようなものです。あらゆる快楽を犠牲にし、その完成のためだけに生きてきた。ぜひお願いする。どんな代償を払ってもいい」

「同情すべきことだな。よし、かなえてやろう。そのために出現したようなものだからな。代償などはいらない」

「ありがたい。なんとお礼を言ったらいいか……」

博士は思わず頭をさげ、そして、あげた。だが、もはや相手の姿は、そこにはなかった。

「やれやれ、なんということだ。研究であまり頭を使ったために見た幻覚だったのかもしれない」

こう言いながら博士は、疲れをほぐすために軽い体操をやってみた。しかし、すぐにそれをやめ、首をかしげた。

どことなく普通とちがっている。そのうち博士は、それは自分のからだになにか変化がおこったのだと気がついた。若さがもどりはじめたように思えたのだ。

机の引出しに鏡があるのを思い出し、それを出してのぞいてみた。気のせいだけでなく、髪も黒く濃くなり、しわも減っているようだ。老眼鏡なしでもよく見える。

となると、いまのは現実だったのだろうか。悪魔を呼び出す呪文が偶然に出たのだろうか。それとも、もっと合理的に説明がつくことかもしれない。さっき叫んだ声の音波、その微妙な震動が刺激となり、長いあいだの精神の集中とあいまって、体内の酵素だかホルモンだかが働きだしたとも考えられる。

どちらにしろ、いまの呪文を紙に書きとめておくべきだろう。だが、なかなか思い出せなかった。若さがよみがえってくる感激と興奮とで、その思考はさまたげられた。

博士はふたたび鏡をのぞいた。しわはさらに減り、皮膚には張りとつやがあった。すばらしい変化の力は、急速に進んでいるようだった。活気が体内でわきあがっている。

老年から壮年、そして青年となった。若さ、青春。いままで考えもしなかった、女性のことが頭に浮かんできた。かつての人生では、それに目もくれることなく研究にはげんだ。しかし、これからの人生はちがう。悔いのない、華やかな人生をやりなおせるのだ。喜びの感情は激しく高まった。

喜びは絶頂をすぎ、どこからともなく不安の影が押しよせてきた。若がえるのはいい。だが、どこまで変化はつづくのだろう。依然として若がえりつづけている。

博士は早く事態を紙に記そうとした。だが、適当な語が浮かんでこない。頭脳も若がえりとともに、記憶を失ってゆくようだ。

助けを求める声をあげた。だが、防音装置はそれを外へもらさない。ドアをあけ、戸外に出なければだめだ。

急いで駆けだそうとし、彼は床に倒れた。からだが少年となっており、だぶだぶの服がからまってしまったのだ。

なんとかそれを脱ぎすて、ドアのそばに行き、背のびをして鍵《かぎ》をはずした。やっと手がとどくほどに幼くなってしまったのだ。

なんとか外へはい出たものの、そこで動けなくなってしまったのだ。ただ、助けを求める叫び声をはりあげるだけだった。

人びとは研究所の玄関で泣いている赤ん坊をみつけた。身もと不明、名前すらわからない孤児なのだ。人びとは、博士なら事情を知っているかもしれないと思ったが、失踪《しっそう》してしまったのか、いくら待っても帰ってこない。

しかし、親切な人がその幼児を引きとった。親切心からだけではなく、どことなく見どころがあり、将来なにか偉大なことをやりそうな子供だとの印象を受けたからだった。

事実、その期待にこたえるだろう。すべての記憶は消えているが、執念だけは残っている。一生を費しても、若がえりの秘法を手にするにちがいない。

解説

中島　梓《あずさ》

「乞食《こじき》に貧乏なし、作家に気狂《きちが》いなし」というのは筒井康隆氏の名言でありますが、作家、その中でもまた「SF作家」というものを見かけたら、どんな遠くからでも、すぐに走って逃げた方がよいようです。

それはたとえ見かけがどんなに紳士らしく、温厚そうで、おとなしやかに、常識ゆたかのように見えてもそうなので、いや、見かけが温厚な紳士ふうのヒトほどほんとはきわめて恐ろしい存在である、という点では、SF作家とスケコマシという二者は、非常に共通したものがあるのではないかと思います。

わけてその中でも星新一氏と小松左京氏という二人のヒトは、そのもう恐ろしいことといったら――天も地も許さざる暴言を吐くこと、なぜいま、たったいまこの場でカレラの足もとの大地が裂けてぱくりとお二人を飲みこんでしまわないのかとわれわれ正常な人間はただ呆然《ぼうぜん》とするばかりですが、なに、お二人がれんめんとして長らえだ。単にそれだけの理由で、あんなおそろしい二人組を飲みこんだら生きた心地もしないだろうし、だいいちてきめんに消化不良を起してしまう。単にそれだけの理由にちがいないのです。

このお二人にかかるとどうなるかということは、『SF作家オモロ大放談』という本とか(しかし解説で別の本の宣伝、しかも自分とは何の関係もない本の宣伝をしている人も珍しいのではないだろうか)、あるいは雑誌「バラエティ」七九年五月号にのっている「中島梓のサインくれなきゃ帰らない! 田中光二の巻」(しかし人の本の解説で自分の書いたエッセイの宣伝をしてる人はもっと珍しいのではないだろうか)をごらんになっていただければたちまちわかると思います。

ところがこの悪夢のごとき二人組のひとりである小松左京さんさえ、実は、相棒である星新一氏に怯《おび》える瞬間、というのがままあるのですね。

たとえば小松さんと星さんが秋芳洞《あきよしどう》かどっか、鍾乳洞《しょうにゅうどう》の見物の弥次喜多《やじきた》道中に出かけた、とお思い下さい。ひとわたり見物をすませて出てきて、入口を見おろしながらタバコを一服、そこへどういうわけか、お坊さんがひとり鍾乳洞見物をして出てきた。いや、別にお坊さんだって秋芳洞ぐらい見物したくなることもあるでしょうから、ふしぎなことはありません。

ところがそれを見るなり星新一氏は（あの温厚な紳士の顔で）大よろこび、手をうってはやしたてた。

「やや、鍾乳洞から大入道が出てきた。これがほんとの『大は小をかねる』だ」と、坊さんを指さしてさわいだから、おどろいたのは小松さんで。

「これ、星ちゃん、およしよ。およしってば」

お坊さんは怖い顔でお二人をにらんでいたそうです。これはホントの話。ははは。

とにかく放っとけば何を云《い》い出すかわからない。いちばん凄《すご》かったのは先日小松さんにきいた話で、「おれの××が××したときに星新一に電話をかけてこうだと云ったら、ヤロー『おい、×××は××たか。××××に××れるぞ』と云いやがった。なんてやつだ」というんだがこれはあんまり恐ろしいんで活字にできない。てきとーに想像しといて下さい。しかしすごいこと云う人なのだよ、ほんとに。

星新一といえば紳士で通っておりますが、その内実というのはかくも狂気というか、天才といおうか、その恐ろしさではかの筒井康隆氏にも一歩も遅れをとらないのであって、この点で星新一氏は非常な誤解をうけている面があるのではないか、と思うわけです。

皆さんすでにご存じのように星新一氏は彼のショート・ショートを書くにあたって

「ショート・ショート三原則」というのをうちたてておられる。一、ショート・ショートハ忠節ナルヲ以《もっ》テ本分トスベシ、じゃない、第一条、ショート・ショートは人間に危害を加えてはならない、またその危険を看過することによって、人間に危害を及ぼしてはならない、でもない、つまり、

一、セックスネタを扱わない

二、時事ネタを扱わない

三、残酷ネタを扱わない

というあれです。

これはきわめて気持のよいことで、いや私はべつだんエロが嫌いというわけではない、エロ話をきくと侮辱されたと考える女性では、SF作家の集まりなぞに一分と耐えることはできない。

しかし原則のあるものというのは快いものであるし、また、志のあるものというのはさわやかなものです。星新一氏は自ら打ちたてたこの三原則を、みごとにつらぬいて、一度も妥協したことがない、これはきわめて気持がよいのです。世の中の作家どもがとかくサービスというと「ではエロ場面をふやそう」と考える、あのお手軽さ、読者を甘く見ていること、リアリティというと「では時事問題をテーマにしてみよ

う」と考える、あのわかってなさ、皮相さ、そしてインパクトというと「ではもっと血を流して、大勢ブチ殺してみよう」と考える、この救いがたい単細胞さ加減、小説のイロハもわきまえておらぬこと、これにはつねづねもう呆《あき》れかえるほかはない。星新一氏はその世の中にあってただひとり、読者サービスとエロはイコールでなく、リアリティと現実の事件はイコールでなく、ショッキングであることすなわち筆力と暴力場面とは無関係であることを、ずっとその作品でもって証明しつづけてきているわけで、これはおどろくべきことです。

星新一氏のファン層というものは、これはかなり固有のひろがりをみせており、それは必ずしもSFのファン層とすべて一致しているわけではない、というのも、つまりはそのあたりに由来すると思うので、おれはSFはうけつけないが星新一のショート・ショートは大好きだ、なに？　あれもSFだ、そんなはずはない。なんとなればSFギライのこのおれ様が好きなんだから、という層はたしかに存在しているようなのです。

しかし、星新一氏はSF作家だ。誰がなんと云ったってSF作家に間違いない。それどころか日本SF作家クラブの初代会長でもあるし、日本のSFはそもそも星新一氏によってはじめられた。これは私が前に星新一論で書いたように（あっあっ、また宣伝してしまった）たいへん重要なことで、「最初のSF作家」が星さんであったことが、「日本のSF」の現在のかたちを決めました。これがもし筒井康隆氏か、半村良氏であったら、日本のSFはまるでちがったものになっていたはずです。

ところで星新一氏の日本SFに与えた影響には凄いものがありますが、どうもその中に例の「ショート・ショート三原則」がたしかに投影していた、という気がしてならない。ことに第一条がそうで、どうも日本のSFはとかく、どうやってもイヤラシくならない。わりに健気《けなげ》にサービスしたりしてみるのですがどういうわけか妙に清々《すがすが》しくて「安心して読め」てしまったりして、SF界でホントにエッチな話をサラリとでなくホントにエッチに書けるのは、さよう小松左京さんと半村良さんのお二人だけではないかと思います。若手連中に到っては、何となくまだ「少年」という感じさえ与えてしまうのです。

それがすべて星新一氏の「セックスネタは扱わない」という潔《いさぎよ》い姿勢の波及的効果だ、とは云いませんが――いや、そうじゃない、私が云いたかったのはそんなことではなかった。

つまり私が云いたかったのは（ここから結論に入ります）セックスを扱わない、暴力的に自己主張しない、しかもきわめて短い、そういった見かけだけの要素によって、たちまち、「星新一は安心して読める」「気軽に読める」「心楽しく読める」などというイメージをもってしまうとしたら、それはあなたのおそろしい勘違いだ、ということです。

星新一氏は、SFなのです。作品ばかりではない。星新一氏自身もSFなのです。そして、あまりにも、その細胞のすみずみにまで「SF」がゆきわたってしまっている故《ゆえ》に、星新一氏は、ことさらにSF的手法を作品において強調することもないぐらいにSFそれ自体と化してしまっている。そして、そして、本来SFというものは「怖い」ものなのであります。それはあなたの見ている、いまここの目の前の現実を、ふいに不確かな疑惑や恐怖のさなかへとつきくずしてしまうかと思うと、あなたが決して起りえないと信じて安心しきっている非日常をふいに現実へすりかえてしまう。ひとたびSFという色眼鏡をかけて世の中の森羅万象を見ることを知ってしまうと、「ヴァイトン」を見た人のように、その人は二度とはそれを見なかったころには戻れない。

よく、読みかえしてみて下さい。星新一氏の描くお馴染《なじみ》の「エヌ博士」「エフ氏」「エス氏」――かれらはみな、「どこか変」ではありませんか。そして星新一氏が八百の万華鏡にしてみせてくれる宇宙、それはよく考えればみな、天も地も許さざる悪魔の嘲笑《ちょうしょう》、たんに諷刺《ふうし》とかユーモアといってしまってはあまりにその本来の毒を無視することになる、嘲《あざけ》りにみちた毒、そのものではありませんか。

それゆえに星新一氏を決して、夢にも、ユーモアあふれるショート・ショートの名手、などと云って安心してすませておいてはならないと思う。セックスネタを扱おうが扱うまいが星新一氏は危険人物なのです。ショート・ショート、という形式は彼の内なるSFの、反物質の闇《やみ》をするりと読むもののどにすべりこませてしまうためのオブラートにすぎないのです。しかし、あなたが、それに気がついたときには、すでにもう……。

（昭和五十四年四月、作家）

この作品集は昭和四十年七月新潮社より刊行された。

星新一著 おのぞみの結末

超現代にあっても、退屈な日々にあきたりず、次々と新しい冒険を求める人間……。その滑稽で愛すべき姿をスマートに描き出す11編。

星新一著 マイ国家

マイホームを"マイ国家"として独立宣言。狂気か？　犯罪か？　一見平和な現代社会にひそむ恐怖を、超現実的な視線でとらえた31編。

星新一著 妖精配給会社

ほかの星から流れ着いた〈妖精〉は従順で謙虚、ペットとしてたちまち普及した。しかし、今や……サスペンスあふれる表題作など35編。

星新一著 宇宙のあいさつ

植民地獲得に地球からやって来た宇宙船が占領した惑星は気候温暖、食糧豊富、保養地として申し分なかったが……。表題作等35編。

星新一著 午後の恐竜

現代社会に突然巨大な恐竜の群れが出現した。蜃気楼か？　集団幻覚か？　それとも立体テレビの放映か？——表題作など11編を収録。

星新一著 白い服の男

横領、強盗、殺人、こんな犯罪は一般の警察に任せておけ。わが特殊警察の任務はただ、世界の平和を守ること。しかしそのためには？

星新一著　明治の人物誌

野口英世、伊藤博文、エジソン、後藤新平等、父・星一と親交のあった明治の人物たちの航跡を辿り、父の生涯を描きだす異色の伝記。

星新一著　妄想銀行

人間の妄想を取り扱うエフ博士の妄想銀行は大繁盛！　しかし博士は、彼を思う女からとった妄想を、自分の愛する女性にと……32編。

星新一著　ブランコのむこうで

ある日学校の帰り道、もうひとりのぼくに会った。鏡のむこうから出てきたようなぼくとそっくりの顔！　少年の愉快で不思議な冒険。

星新一著　人民は弱し　官吏は強し

明治末、合理精神を学んでアメリカから帰った星一（はじめ）は製薬会社を興した――官僚組織と闘い敗れた父の姿を愛情こめて描く。

星新一著　ひとにぎりの未来

脳波を調べ、食べたい料理を作る自動調理機、眠っている間に会社に着く人間用コンテナなど、未来社会をのぞくショート・ショート集。

星新一著　だれかさんの悪夢

ああもしたい、こうもしたい。はてしなく広がる人間の夢だが……。欲望多き人間たちをユーモラスに描く傑作ショート・ショート集。

星新一著

夜のかくれんぼ

信じられないほど、異常な事が次から次へと起こるこの世の中。ひと足さきに奇妙な体験をしてみませんか。ショートショート28編。

星新一著

おみそれ社会

二号は一見本妻風、模範警官がギャング……。ひと皮むくと、なにがでてくるかわからない複雑な現代社会を鋭く描く表題作など全11編。

星新一著

たくさんのタブー

幽霊にささやかれ自分が自分でなくなってあの世とこの世がつながった。日常生活の背後にひそむ異次元に誘うショートショート20編。

星新一著

なりそこない王子

おとぎ話の主人公総出演の表題作をはじめ、現実と非現実のはざまの世界でくりひろげられる不思議なショートショート12編を収録。

星新一著

どこかの事件

他人に信じてもらえない不思議な事件はいつもどこかで起きている——日常を超えた非現実的現実世界を描いたショートショート21編。

星新一著

安全のカード

青年が買ったのは、なんと絶対的な安全を保障するという不思議なカードだった……。悪夢とロマンの交錯する16のショートショート。

星新一著

ご依頼の件

だれか殺したい人はいませんか？　ご依頼はこの本が引き受けます。心にひそむ願望をユーモアと諷刺で描くショートショート40編。

星新一著

ありふれた手法

かくされた能力を引き出すための計画。それはよくある、ありふれたものだったが……。ユニークな発想が縦横無尽にかけめぐる30編。

星新一著

凶夢など30

昼間出会った新婚夫婦が殺しあう夢を見た老人。そして一年後、老人はまた同じ夢を……。夢想と幻想の交錯する、夢のプリズム30編。

星新一著

どんぐり民話館

民話、神話、ＳＦ、ミステリー等の語り口で、さまざまな人生の喜怒哀楽をみせてくれる31編。ショートショート一〇〇一編記念の作品集。

星新一著

これからの出来事

想像のなかでしかスリルを味わえない絶対に安全な生活はいかがですか？　痛烈な風刺で未来社会を描いたショートショート21編。

星新一著

つねならぬ話

天地の創造、人類の創世など語りつがれてきた物語が奇抜な着想で生まれ変わる！　幻想的で奇妙な味わいの52編のワンダーランド。

ひろさちや著
昔話にはウラがある
シンデレラはブスだった!? 桃太郎出生の秘密とは? 花咲爺は環境問題の先駆者!? 次から次へと繰り出される「新解釈」の数々。

太宰治著
お伽《とぎ》草紙
昔話のユーモラスな口調の中に、人間宿命の深淵をとらえた表題作ほか「新釈諸国噺」「清貧譚」等5編。古典や民話に取材した作品集。

井上ひさし著
新釈遠野物語
遠野山中に住まう犬伏老人が語ってきかせた、腹の皮がよじれるほど奇天烈なホラ話……。名著『遠野物語』にいどむ、現代の怪異譚。

倉橋由美子著
大人のための残酷童話
世界の名作童話の背後にひそむ人間のむきだしの悪意、邪悪な心、淫猥な欲望を、著者一流の毒のある文体でえぐりだす創作童話集。

つげ義春著
無能の人・日の戯れ
ろくに働かず稼ぎもなく、妻子にさえ罵られ、無為に過ごす漫画家を描く「無能の人」など、人間存在に迫る〈私〉漫画の代表作12編集成。

つげ義春著
義男の青春・別離
浮気した女を恨み自殺を試みるが、ついに死に切れず滂沱の涙を流す男「別離」など14編。永遠の衝撃を持ち続ける、つげ漫画集第二弾。

椎名誠著　**蚊**

狭いおれの六畳間を黒々と埋めて飛び回るカ、カ、カ、蚊の大群……。スーパー・フィクション「蚊」をはじめ、多彩な椎名誠世界、全9編。

椎名誠著　**雨がやんだら**

南の島に流れ着いた箱の中にあった一冊のノート。そのノートの中に書かれていた恐ろしい事実とは？　スーパー・フィクション9編。

椎名誠著　**武装島田倉庫**

架空の「戦後」の世界を舞台に繰り広げられる、男たちの闘いと冒険の日々。独特の言語感覚で描きだした超常的シーナ・ワールド。

椎名誠著　**気分はだぼだぼソース**

誰もが一度は感じる素朴なギモン。シーナマコトの観察眼はやがてそれを怒りに変える。スーパーエッセイの傑作、ついに文庫化！

椎名誠著　**さらば国分寺書店のオババ**

「昭和軽薄体」なる言葉を生み出した革新的な文体で、その後の作家・エッセイストたちに大きな影響を与えた、衝撃的なデビュー作。

椎名誠著　**鉄塔のひと　その他の短篇**

偶然見かけた鉄塔の上に小屋を建てて奇妙な生活を始めてしまった男を描く表題作他、シーナ的発想が産み出す不思議な短篇十連発！

原田宗典著
0《ゼロ》をつなぐ
ありふれた日常生活の風景にふと顔をのぞかせる不安や違和感を通して、都市に暮らす人間の乾いた心理を描く"奇妙な感じ"の短編集。

原田宗典著
あるべき場所
ありふれた事象に目をとめると、世界の裂け目が広がっている—そんな違和感を描く表題作はじめ奇妙な味わいの5編を収めた短編集。

原田宗典著
東京トホホ本舗
どんな時でも、何が何でも困っちゃうスーパー・トホホニストがおくる、玉子おしんこ味噌汁つき超特盛り大特価の脱力エッセイ。

原田宗典著
吾輩ハ苦手デアル
キスにディスコに鮨屋に小説執筆。原田宗典の苦手なものはたくさんあってリンダ困っちゃう。なんだか勇気づけられるエッセイ。

原田宗典著
わがモノたち
プラモデルに野球帽、グラサンに昆虫採集セット……。あのなつかしいモノたちをハラダ君がシミジミ語るトホホ思考全開エッセイ。

原田宗典著
買った買った買った
痛恨のインド眼鏡・台北一万円漢方薬購入秘話・オイル・ライターで指を燃やすアクシデントなどなど爆笑買い物エッセイ、大売出し！

村上春樹
安西水丸著

村上朝日堂

ビールと豆腐と引越しが好きで、蟻ととかげと毛虫が嫌い。素晴らしき春樹ワールドに水丸画伯のクールなイラストを添えたコラム集。

村上春樹
安西水丸著

村上朝日堂の逆襲

交通ストと床屋と教訓的な話が好きで、高いところと猫のいない生活とスーツが苦手。御存じのコンビが読者に贈る素敵なエッセイ。

村上春樹著

村上朝日堂 はいほー！

本書を一読すれば、誰でも村上ワールドの仲間になれます。安西水丸画伯のイラスト入りで贈る、村上春樹のエッセンス、全31編！

清水義範著

秘湯中の秘湯

絶対に行けない前人未踏の秘湯ガイドや、無知な女子大生、うんざりするほど長い手紙など身近な言葉を題材にした傑作爆笑小説11編。

大槻ケンヂ著

行きそで行かないとこへ行こう

なぜに行くのかと突っ込みたくなるような場所の数々。だが、行かねばなるまい「のほ隊」は！ オーケン試練の旅エッセイ十一番勝負。

佐野洋子著

ふつうがえらい

嘘のようなホントもあれば、嘘よりすごいホントもある。ドキッとするほど辛口で、涙がでるほど面白い、元気のでてくるエッセイ集。

新潮文庫最新刊

紅山雪夫著
ヨーロッパものしり紀行
―《くらしとグルメ》編―

ワインの注文に失敗しない方法、気取らないレストランの選び方など、観光名所巡りより深くて楽しい旅を実現する、文化講座2巻目。

太田和彦著
超・居酒屋入門

はじめての店でも、スッと一人で入り、サッときれいに帰るべし――。達人が語る、大人のための「正しい居酒屋の愉しみ方」。

渡辺満里奈著
満里奈の旅ぶくれ
―たわわ台湾―

台湾政府観光局のイメージキャラクターに選ばれた〝親善大使〟渡辺満里奈が、台湾の街、中国茶、台湾料理の魅力を存分に語り尽くす。

島村菜津著
スローフードな人生！
―イタリアの食卓から始まる―

「スロー」がつくる「おいしい」は、みんなのもの。イタリアの田舎から広がった不思議でマイペースなムーブメントが世界を変える！

稲葉なおと著
まだ見ぬホテルへ

僕にとってホテルはいつも、語るものではなく体験するものだった。写真を添えて綴る、世界各国とっておきのホテル25の滞在記。

立川志の輔著
志の輔旅まくら

キューバ、インド、北朝鮮、そして日本のいろんな街。かなり驚き大いに笑ったあの旅この旅をまるごと語ります。志の輔独演会、開幕！

おせっかいな神々《かみがみ》

新潮文庫　ほ－4－18

昭和五十四年五月二十五日　発行
平成十四年十一月五日　五十七刷改版
平成十五年五月二十五日　五十八刷

著者　星《ほし》新《しん》一《いち》

発行者　佐藤隆信

発行所　株式会社 新潮社

郵便番号　一六二―八七一一
東京都新宿区矢来町七一
電話　編集部(〇三)三二六六―五四四〇
読者係(〇三)三二六六―五一一一

価格はカバーに表示してあります。

乱丁・落丁本は、ご面倒ですが小社読者係宛ご送付ください。送料小社負担にてお取替えいたします。

印刷・株式会社光邦　製本・憲専堂製本株式会社

ISBN4-10-109818-2 C0193